Grossir le ciel

Du même auteur

La trilogie H.

Le Mystère H.

Les Ardents éditeurs, 2008

LHondres, ou les ruelles sans étoiles

Les Ardents éditeurs, 2010

La Huitième lettre

2012, Les Ardents éditeurs, 2012

Noire Porcelaine

Gestenoir éditions, 2013

Vagabond

Écorce éditions, 2013

Oxymort

Gestenoir éditions, 2014

Pur Sang

Écorce éditions, 2014

Franck Bouysse

Grossir le ciel

la manufacture de livres

ISBN 978-2-35887-078-8

« La terre aveugle elle-même et l'eau aveugle, le ciel et sa bombarde d'étoiles comme des colombes, l'air, sombre, les essaims de civilisations endormies de la terre végétale, certains reptiles certains oiseaux, et des personnalités vêtues de fourrures, dont le sommeil est de jour, mais que l'obscurité appelle à leurs affaires, ceux-là jouissaient de tout leur aplomb. »

James Agee

Louons maintenant les grands hommes

1

C'était une drôle de journée, une de celles qui vous font quitter l'endroit où vous étiez assis depuis toujours sans vous demander votre avis. Si vous aviez pris le temps d'attraper une carte, puis de tracer une ligne droite entre Alès et Mende, vous seriez à coup sûr passé par ce coin paumé des Cévennes. Un lieu-dit appelé Les Doges, avec deux fermes éloignées de quelques centaines de mètres, de grands espaces, des montagnes, des forêts, quelques prairies, de la neige une partie de l'année, et de la roche pour poser le tout. Il y avait aussi des couleurs qui disaient les saisons, des animaux, et puis des humains, qui tour à tour espéraient et désespéraient, comme des enfants battant le fer de leurs rêves, avec la même révolte enchâssée dans le cœur, les mêmes luttes à mener, qui font les victoires éphémères et les défaites éternelles.

Le hameau le plus proche s'appelait Grizac, situé sur la commune du Pont-de-Montvert. Une route les reliait et devait bien mener quelque part si on prenait le temps de s'y attarder.

Gus vivait ici, depuis plus de cinquante hivers. C'était en décembre que ce pays l'avait pris et que sa mère l'avait craché sur des draps durs et épais comme des planches de châtaignier, sans qu'il se sente dans l'obligation de crier, comme pour marquer son empreinte désastreuse dans un corps ancestral, une manière de se cogner à la solitude, déjà, dans ce moment qui le faisait devenir quelqu'un par la simple entrée d'une coulée d'air dans sa bouche tordue. Des gens diraient plus tard qu'on n'aurait pas dû le secouer comme on l'avait fait pour lui extorquer le fameux cri et que, si dans le futur il s'était mis à parler plus volontiers aux animaux qu'aux hommes, c'était un peu à cause de ce retard à l'allumage. Mais qui peut dire ce qu'il serait advenu si tout s'était déroulé normalement ? Et qui aurait pu soutenir que, justement, la volonté du Tout-Puissant n'était pas de changer la donne pour Gus, et que cette singularité n'augurait pas d'un destin supérieur ? Ce qui était certain, c'était que même les âmes les plus charitables ne se gênaient pas pour montrer du doigt ce poisson-là qui nageait à contre-courant depuis sa naissance.

La ferme de Gus était pinquée dans la partie la plus haute des Doges, à une dizaine de kilomètres à vol d'oiseau du Pont-de-Montvert. Elle était constituée de vieux bâtiments, de terres cultivées et de taillis acoquinés en forêt de châtaigniers, de pins, de chênes, de hêtres et de mélèzes, pour l'essentiel. Le tout s'étendait sur vingt-quatre hectares. Pour être précis, il faudrait dire qu'entre Les Doges et le village les kilomètres ne duraient pas pareil, selon qu'on était en bonne ou en mauvaise saison. Les distances, dans ce coin-là, c'est du temps, pas des mètres. Et Gus n'était pas un oiseau.

Des légendes couraient depuis toujours sur Les Doges et sa forêt bénie. Il se disait que le nom qu'on lui avait donné était l'exact contrepoint de ce qui s'y était passé, si tant est qu'on puisse imaginer qu'un lieu plutôt qu'un autre puisse attirer le malheur. Depuis, on avait oublié les légendes et conservé le nom. D'autres chats à fouetter. Que Gus aimait ce pays serait beaucoup dire, mais comme il n'avait rien connu d'autre, il s'était fait à l'idée d'y finir ses jours. Pas malheureux, pas vraiment heureux non plus. Sa place dans le vaste ordonnancement de l'univers, étant donné qu'il était incapable d'en imaginer une autre. À la réflexion, il n'aurait sans doute pas parié que beaucoup d'hommes puissent en dire autant, et ce n'était pas donné à tout le monde d'avoir une chaise à soi où poser ses fesses. Il s'était toujours satisfait de ce qu'il possédait, pas par choix, ni par conviction, mais ce qu'on lui avait appris, c'était justement que rien ne devait changer, que toutes les créations avaient été réfléchies par une puissance qui dépassait les hommes en tout, ceux d'ici et ceux d'ailleurs. Les envies de Gus étaient donc aussi simples que de boire quelques verres de vin quand il en ressentait le besoin et de s'occuper des bêtes qu'il élevait, avec passion. Tout ce qu'il avait jamais su faire, ce qu'on attendait de lui.

C'était sa grand-mère paternelle qui avait appris à Gus tout ce qu'il savait aujourd'hui de cette nature exigeante, ce qu'elle pouvait donner, à quel moment, et aussi ce qu'elle pouvait prendre. La grand-mère lui avait toujours dit que le bonheur était comme la promesse de l'aube, si l'on s'en tient à la promesse sans s'obstiner à vouloir deviner ce qu'on aurait envie qu'elle révèle à l'avance. C'était le genre de propos alambiqués dont elle était coutumière, et qui sonnait étrangement dans sa bouche, comme des mises en garde, l'air de rien. Gus la soupçonnait parfois d'être seulement garante de la question posée et sûrement pas d'une réponse qu'elle n'avait manifestement pas dans sa manche.

Le grand-père, Gus ne l'avait pas connu. Il paraissait que ç'avait été quelqu'un, en son temps, pas facile à manœuvrer, capable de se bagarrer pour asseoir son point de vue, et accessoirement pour faire sortir la rage qui se trouvait au fond de lui. À en croire la rumeur, personne n'avait été capable de lui tenir tête. En quelque sorte, il n'avait pas connu la défaite. Et c'était justement ce qui avait causé sa perte, le jour où il avait tourné le dos à ce taureau et qu'il s'était fait broyer la cage thoracique entre le mur de la grange et le crâne du bovin. La bête n'en était pas restée là, elle s'était déchaînée à coups de cornes sur cet homme qui l'avait souvent battu pour qu'il obéisse, jusqu'au moment précis où le grand-père avait baissé sa garde, où tout avait basculé. Pourtant, chaque paysan sait qu'on ne doit jamais faire confiance à un animal aussi puissant qu'un taureau. On disait que le grand-père n'avait pas saigné, que la bouillie était restée bien en dedans de lui, à part un petit filet de sang, qui avait fini par sortir du coin de sa bouche, mais il ne respirait déjà plus.

Le père de Gus était adolescent au moment du drame. Il avait alors pris la ferme en main avec les mêmes arguments que son père, sauf qu'il était loin d'être aussi costaud physiquement et dans sa tête. La grand-mère avait obéi, vu qu'elle n'avait jamais été du genre à s'imposer en quoi que ce soit. S'il y a une chose à rajouter, c'était le penchant prononcé du père de Gus pour l'alcool. Une gnôle distillée dans la vallée par deux frères jumeaux, surnommés Les Mickey, à cause de leurs oreilles démesurées. Leur breuvage ressemblait plus à de l'urine de bœuf fermentée qu'à de l'eau-de-vie. Il faut croire que, tant qu'on n'a pas goûté à mieux que ce qu'on a sous la main, on se trouve des raisons d'apprécier sa pitance, peut-être même de ne pas du tout en chercher d'autre. Sûrement un des secrets du contentement, sans pour autant envisager le bonheur, car ce genre de sentiment n'avait manifestement jamais mis les pieds aux Doges. Un drôle de pays de brutes et de taiseux. Et comment pourrait-il en être autrement dans cette région où le diable en personne ne prenait pas la peine de choisir les âmes, et se servait sans se soucier de négocier avec la concurrence. La plupart des gens du coin se rendaient pourtant au temple, le dimanche, espérant certainement alléger un peu leur fardeau. Le seul trésor qu'ils côtoyaient chaque jour était en même temps l'expression de leur calvaire, cette nature majestueuse et sournoise, pareille à une femme fatale impossible à oublier.

Comme chaque jour, Gus s'était levé tôt. Jusque-là, il enfilait ses journées les unes à la suite des autres, comme des perles sur un collier, la précédente ressemblant à la suivante ; et ce jour de janvier 2006, le vingt-deux pour être précis, c'était une drôle de perle qu'il s'apprêtait à enfiler, une qui ne ressemblait pas vraiment à toutes les autres.

Quand Gus mit le nez à la fenêtre, il faisait encore nuit, la lune pendait au-dessus du toit de la grange. Il avait encore neigé pendant la nuit, environ dix centimètres bien collants à ce qu'il pouvait en juger à travers les carreaux embués de la cuisine. Il se dit qu'il n'allait pas être aisé de transporter le fumier sur le tas et monter la côte jusqu'à la fosse, en poussant la brouette remplie à ras bord, en forçant sur ses avant-bras maigres et tendus comme des pattes d'insecte. Mis à part les désagréments qu'elle pouvait occasionner, il ne détestait pas la neige : elle cachait la saleté et le désordre pendant un temps et qu'il devait avouer que c'était reposant de faire l'économie momentanée du cimetière qui s'étendait autour des bâtiments, là où des cadavres de machines dépecées rappelaient sans cesse des époques révolues, comme des strates disparates dans la coupe d'une carrière abandonnée. Pour l'heure, les surfaces étaient immaculées, planes, creuses ou bosselées, corps albinos de la nature, dont le soleil impitoyable aurait un jour raison.

Il y avait deux façons de se rendre à l'étable, soit en empruntant le couloir qui communiquait directement avec la cuisine, soit en passant par l'extérieur. Ce matin-là, Gus eut besoin de tâter le temps. Il ne prit pas de petit-déjeuner et sortit, après s'être vêtu aussi chaudement qu'il le pouvait. Mars l'accompagnait, un bon bâtard de chien, difficile en rien, qui ne se souciait visiblement pas du froid, se roulant dans la poudreuse comme un dément, en aboyant et en pissant sans prendre le temps de s'arrêter. Gus traversa la cour, les mains enfoncées dans ses poches de pantalon. Des gouttes de lumière parties en éclaireur luisaient sur la neige gelée, recouvrant le pan est du toit de la grange, ce que tout homme conscient de la marche de l'univers aurait pu qualifier de grande beauté. Gus, lui, anticipait les états de la matière pour ne pas être à la remorque de la déplorable linéarité de sa propre existence.

Il s'arrêta pour allumer une cigarette, en protégeant la flamme de son briquet avec ses mains disposées en coupe à la manière d'un dévot priant tout à la fois la cause et l'effet d'un simple miracle. Ensuite, il entra dans l'étable pour soigner ses bêtes. Elles n'étaient pas bien nombreuses, mais c'était quand même quelque chose, ces dix-sept mères à nourrir, rien que des Aubrac ; et ces huit veaux à mener au pis matin et soir, en faisant attention de bien les surveiller. Parce que cette engeance-là papillonnait pour un oui ou pour un non, cabriolant dès qu'on la libérait de ses chaînes, claquant du sabot sur la pierre froide dans l'obscurité, à peine réveillée par un falot posé sur une botte de paille et une ampoule indigente coincée entre deux poutres emmaillotées de toiles d'araignées, pendant que les mères imploraient en meuglant qu'on les libère de ce lait qui les tuait. Et les veaux finissaient toujours par se diriger vers les pis engorgés, arrimés aux doigts noueux de Gus par deux mètres de corde de chanvre, cavalcadant tels de petits diablotins, avant d'aller fracasser le mufle sur l'outre veinée, puis gober une tétine turgescente avec toute l'ingratitude des fils.

Ça aurait dû être une journée comme ça, qui débutait comme toutes les autres et qui aurait dû se poursuivre pareillement. Pourtant, rien ne se passa de la sorte. Quand Gus eut rattaché le dernier veau rassasié, il essuya les tétines de sa vache la plus productive avec un vieux chiffon, tout en lui caressant l'échine et en lui parlant patois, puis s'assit sur un tabouret à trois pieds et tira un peu de lait dans un broc en balançant sa tête au même rythme que ses mains montaient et descendaient à la manière de pistons parfaitement réglés. Quand il eut terminé la traite, il rentra à la maison, enfourna du petit fagot dans le fourneau de la cuisinière, du bois mort qu'il avait ramassé dans la forêt et fait sécher. Ensuite, il craqua une allumette sur une feuille d'un vieux journal disposée sous le bois, et le tout s'enflamma instantanément. Gus présenta ses mains froides au-dessus, pour les réchauffer. Une fois le feu démarré, il jeta deux bûches dans le foyer et posa une casserole sur le tablier en fonte, dans laquelle il versa le lait frais. Mars couinait en regardant faire son maître. Gus lui donna un peu du lait, le chien se précipita sur sa gamelle pour laper le breuvage épais dont les éclats pointillèrent son museau de flocons liquides. Au moment où le lait commençait à frémir, Gus en remplit un grand bol, y fit tomber trois sucres, et tourna le breuvage avec une cuiller en étain, jusqu'à ce qu'ils soient fondus et même encore plus longtemps que nécessaire. Ensuite il alluma la télévision bloquée sur la deuxième chaîne, la seule qu'il recevait par mauvais temps, et se posa sur une chaise en paille pour boire son lait, ses mains étranglant la faïence bleue du bol.

Gus ne prêta pas immédiatement attention à ce qui se disait à la télévision. Il tira son paquet de Gitanes d'une poche de veste, s'en alluma une avec son briquet, puis but une longue gorgée de lait sucré. Ce fut à cet instant qu'il comprit ce qui venait d'arriver. Il plaqua ses deux mains sur la toile cirée de la table, les yeux rivés au petit écran bombé, posé au-dessus du frigo. L'abbé Pierre était mort. Gus n'aurait su dire pourquoi la nouvelle le remuait de la sorte. Il ne l'avait pourtant jamais connu, cet homme-là, catholique de surcroît, alors que Gus était protestant. Mais sans savoir pourquoi, c'était un peu comme si l'abbé faisait partie de sa famille, et elle n'était pas bien grande, la famille de Gus. En fait, il n'en avait plus vraiment, à part Abel et Mars. Mais qui aurait pu raisonnablement affirmer qu'un voisin et un chien représentaient une vraie famille ? Juste mieux que rien.

Le père, c'était en soixante-quinze qu'il était mort, et la mère en quatre-vingt-un, ou quatre-vingt-deux, ou peut-être en quatre-vingt-cinq, Gus ne savait plus vraiment. Sûrement qu'il n'avait pas envie de se remémorer la drôle de façon dont ils avaient tiré leur révérence chacun leur tour. Alors, l'abbé qui disparaissait, même s'il avait fait son temps, lui, quatre-vingt-quatorze ans qu'ils disaient à la télé, c'était quelque chose. Il est vrai que, quand on passe les quatre-vingt-dix, on devient important, juste parce qu'on est très vieux. Un genre de performance. Pour avoir réfléchi à la question plus d'une fois, ça n'intéressait pas Gus de vieillir autant, à se demander ce qui pouvait bien rester lorsque les jambes ne vous tenaient plus, que les yeux ne voyaient plus clair, et quand on était pris par la rouille, sans espoir de changer les choses. Il y pensait souvent, à la vieillesse, la vraie, celle qui privait doucement des gestes qu'on faisait facilement, puis qu'on ne pouvait plus faire, tout ce qui se passait avant de rejoindre le cimetière. Une des rares choses qui faisait vraiment peur à Gus.

Il ne sortit pas de la matinée, buvant café sur café et fumant un paquet entier de Gitanes en écoutant ce qu'on racontait sur l'abbé. Certains disaient qu'ils l'avaient rencontré et même connu. Ils lui rendaient tous hommage à leur façon, mais la plupart, Gus voyait bien que ce n'était pas vraiment sincère, tout bien habillés qu'ils étaient. Il n'avait pas souvent l'occasion de voir différentes sortes de gens, et ça lui allait plutôt bien de ne pas se sentir dans l'obligation de les jauger. Ils montrèrent ensuite les images de l'hiver 1954. Gus n'était pas encore né à l'époque. On racontait que le froid avait été glacial. Et puis un matin, l'abbé avait lancé son appel désespéré pour que les pauvres qui n'avaient pas de quoi se loger aient un abri où se réchauffer. Il y avait eu du monde pour entendre l'appel à la radio, même des gens dont on ne l'aurait pas cru, comme Charlot en personne. Charlot vieux, que Gus ne reconnut pas sur les images d'archives, sans sa moustache, sans son costume, sans sa canne, et avec des cheveux tout blancs. Charlot, qui avait donné plus d'argent qu'on n'en verrait jamais aux Doges, même en vivant cent ans. Des millions qu'ils disaient à la télé. Il faut reconnaître que, pour ces gens-là, les millions c'est comme les portefaix l'été dans la rivière, il suffit de soulever les bonnes pierres pour en trouver. Question portefaix, Gus s'y connaissait ; pour les millions, il ne pouvait pas dire. Et après tout, qu'est-ce qu'il aurait fait d'un tas d'argent ? Personne ne peut repeindre un ciel d'hiver avec. Alors, quoi ?

Au bout d'un moment Gus sentit qu'il faisait de plus en plus froid dans la maison. Il se leva de sa chaise et s'approcha du fourneau. Le feu était mort, faute d'avoir été alimenté. Gus tenta de le raviver en assommant les braises à l'aide d'un tisonnier, mais il n'y avait plus rien à faire. La seule solution était de retourner chercher du petit bois sous l'appentis et de recommencer la grande affaire du feu, pendant que la réception télé donnait quelques signes de faiblesse, distribuant des mots comme sortis d'un emporte-pièce sonore.

Dehors, la nature était toujours en sourdine et le jour s'était levé. La neige tombait de nouveau, des flocons gros comme du duvet d'oie, qui semblaient ne jamais toucher le sol tellement ils étaient légers et repartaient dans l'air pour un tour avant de se poser au ralenti. Gus sortit sans prendre le temps de mettre une veste. Le vent passait entre les mailles et les trous de son pull que plus personne n'était en mesure de repriser. Il se dépêcha avant d'être totalement gelé. Mars l'avait suivi et s'amusait à attraper les flocons dans sa gueule, comme s'il s'était agi de croquettes que Gus lui achetait parfois à la coopérative agricole du Pont-de-Montvert, le genre d'extra qui devait donner l'idée des dimanches à l'animal. Quand Gus entra dans la maison, les bras chargés de bois sec, l'écran de la télé était aux abonnés absents. La neige devait peser sur l'antenne. Il aurait pu monter sur le toit en passant par le grenier, pour la faire tomber du râteau, mais il n'en fit rien, pensant que c'était quelque chose comme un signe et qu'il n'était pas si mal que la matinée se terminât là-dessus.

L'enterrement de l'abbé était prévu trois jours plus tard.

Gus déposa le fagot devant la cuisinière sans rallumer le feu. Il se vêtit le plus chaudement possible et fit le tour des bâtiments de sa ferme, juste pour voir si tout allait bien, si la poudreuse fraîchement dégringolée n'avait pas causé de dégâts. Voyant qu'il n'y avait ni dommages à déplorer, ni inquiétude à avoir, il se rendit dans la remise près de la grange afin de rassembler le matériel nécessaire pour réparer la clôture endommagée du champ des Doges. Il se dit que ce serait toujours ça de fait, et qu'un peu d'exercice ne lui ferait pas de mal, même avec la météo peu favorable.

La clôture à rafistoler se situait à quelques centaines de mètres des bâtiments. Gus attela une benne rouillée au tracteur et chargea une masse, un marteau, des tenailles, une barre à mine, une boîte de cavaliers, quelques piquets épointés et brûlés, et un rouleau de barbelé, au cas où les dégâts seraient plus importants que ce qu'il avait évalué.

Une fois sur place, il décapa la couche de neige, puis arracha deux piquets pourris. Il fit ensuite des trous à la barre à mine avant de présenter deux piquets neufs qu'il enfonça à grands coups de masse claquant comme des détonations d'arme à feu, ricochant de loin en loin dans le brouillard. Après quoi, il démêla le fil de fer sans le remplacer, puis le rajusta en rangs équidistants qu'il fixa à l'aide de cavaliers. Il avait toujours eu l'habitude de bien faire les choses, de prendre son temps pour que le résultat soit à la hauteur de son ambition, parce que la contrainte des efforts supplémentaires exigés était bien moindre que l'insatisfaction d'un travail bâclé. Il en avait fait l'expérience plus d'une fois quand il était bien plus jeune et qu'il ne mesurait alors pas les choses et leur impact avec la même toise qu'aujourd'hui.

Vers deux heures de l'après-midi, il avait terminé la première réparation de la clôture et rangé son matériel. Il lui faudrait encore une bonne demi-journée de travail pour finir l'ouvrage. Il recula, à la manière d'un peintre testant l'équilibre de la composition de sa toile, se disant qu'il n'était pas mécontent de sa prestation. Il avait bien mérité cette cigarette qu'il faisait maintenant glisser hors du paquet en le tapotant d'un doigt, comme s'il souhaitait amadouer un petit animal peureux. Il garda longtemps la fumée de la première bouffée, la laissant saupoudrer ses poumons, puis il s'appuya contre un piquet en regardant les aplats immaculés et la forêt au loin. Un léger vent du nord accéléra la combustion de la cigarette, puis Gus fit crépiter le mégot dans la neige et se mit en route en portant ses outils à bout de bras, avant de les déposer dans la benne. Il grimpa sur le siège du tracteur avant de disparaître, tel un être fantasmatique, au milieu des gaz d'échappement qui faisaient vaciller l'air en une succession de mirages au travers desquels des oiseaux dérangés s'en allaient froisser leurs ailes.

De retour à la ferme, Gus rangea son matériel et entra faire cuire du riz et griller deux côtelettes d'un des agneaux qu'il avait achetés à Abel, l'an passé. C'était fameux, mais il ne put terminer son repas. La tristesse tomba sur lui sans prévenir. Il était abattu comme quelqu'un qui réalise avoir perdu quelque chose avec quoi il vivait sans y prêter attention. Quelque chose qui devient plus important quand on l'a perdu que quand on l'a sous le nez tous les jours, car on finit par ne plus y faire attention. Il pensa alors à son chien, qu'il avait baptisé Mars parce qu'il l'avait trouvé tout petiot, tremblant et affamé, un matin de mars où il était parti relever les cordes posées la veille dans la rivière qui saigne la forêt. Des chiens, Gus en avait eu beaucoup avant celui-là, et en perdre lui était arrivé autant de fois, mais ce bâtard-là, sans en comprendre la raison, il y tenait plus qu'à tous les autres. En cet instant, il réalisait que cette bête allait sacrément lui manquer quand elle disparaîtrait, qu'elle ne serait plus là pour lui lécher les mains, se frotter à lui en remuant la queue de contentement, et aussi pour conduire les vaches au pré. L'animal lui donnait de l'importance, une sorte de signifiance de sa propre existence, qui minimisait sa solitude en quelque sorte. Les chiens, c'est bien connu, ça dure moins que les humains. Gus aurait donné un peu de son temps à lui pour prolonger celui de Mars, s'il avait eu le choix. Enfin, c'étaient rien que des calculs tout ça, pas la vie, se dit Gus en retrouvant un peu de sérénité.

Il donna le reste des côtelettes à Mars, puis déposa son assiette dans l'évier, avec ses couverts et son verre. Ensuite, il essuya la lame de son couteau sur une jambe de pantalon, la replia et enfonça le couteau dans sa poche. Il se fit réchauffer du café dans une casserole, patientant devant le fourneau pour ne pas qu'il bouille. La mémé disait toujours qu'un café bouillu, c'était un café foutu, le genre de leçon qui ne s'oublie pas. Gus pensait que c'était décidément une drôle de journée, avec tous ces souvenirs qui s'amenaient, comme des vols de corneilles sorties du brouillard. Des souvenirs dont on ne sait jamais où ils mènent, ni même si ça fait du bien de les avoir, mais qui ressurgissent et s'imposent, sans crier gare.

Gus s'assit pour siroter son café, puis s'assoupit, la tête sur ses mains disposées à plat sur la table. Une fois repu, Mars s'approcha de son maître en minaudant, avant de s'allonger et de visser son museau au soulier gauche de Gus.

Dehors, le ciel était descendu d'un cran supplémentaire et le vent du nord ne semblait pas prêt à changer de camp, ni à abdiquer. Quand Gus émergea de sa sieste, la cendre de la cigarette qu'il avait allumée avant de fermer les yeux reposait dans un cendrier en coquillage, pareille à une merde de moineau desséchée. À chaque fois c'était la même chose, dormir après avoir mangé le mettait à l'envers. Plus envie de travailler. Il en aurait été incapable. Il repensa aux grives qu'il avait vues au matin, sous les chênes en bordure du champ des Doges. Il suffirait que quelqu'un ait la même idée que lui et se trouve dans la plantation de pommiers toute proche, et ils s'enverraient alors les oiseaux dès le premier coup de fusil. Ce bon vieil Abel ! pensa Gus. Il attrapa son calibre 16 à canons juxtaposés suspendu à une poutre et enfonça deux boîtes de cartouches numéro 6 dans les poches de sa veste. Il enferma Mars dans la remise pour qu'il n'aille pas faire fuir les grives, étant donné qu'il ne pouvait jamais se tenir tranquille, toujours à japper pour un oui ou pour un non. Il remonta le col de son veston et se mit en route en traversant au plus court par la terre des Cardon. Les oies le suivirent un moment, tendant le cou comme pour gober la neige qui tombait encore, et puis s'en retournèrent à l'abri en se dandinant, avec leurs gros derrières qui touchaient presque par terre.

Gus longea la pêcherie des rossignols sur une vingtaine de mètres. Il y avait eu des rossignols, dans le temps, à ce qu'il paraissait. Il devait y avoir sacrément longtemps, parce que Gus n'en avait jamais entendu chanter. Les seuls oiseaux qui piaffaient en pagaille dans les bouquets de bambous, c'étaient des étourneaux et aussi quelques merles aux allures de petits tétras amoureux.

L'eau était gelée à la surface de la pêcherie. Gus remarqua des traces de pattes de poule d'eau sur la glace recouverte de neige. La marche et le froid l'avaient maintenant totalement réveillé. Arrivé en bordure du champ des Doges, il se posta sous un grand chêne, brisa quelques branches qui auraient pu le gêner pour se déplacer et viser et attendit, la crosse coincée sous un biceps, les canons posés sur l'avant du même bras et les mains glissées dans les poches de sa veste, triturant les cartouches pour se désengourdir. Le ciel était toujours aussi bas. Il ne serait sans doute pas facile de voir les grives se pointer, mais l'avantage, c'était qu'elles aussi auraient des difficultés à repérer Gus. Cinquante-cinquante de ce point de vue-là. Après tout, c'était lui qui tenait le fusil.

Quelques minutes plus tard, Gus fut enfin récompensé de sa patience, en entendant le bruit caractéristique que font les grives en volant. Il dirigea son regard vers le ciel, mais ne vit rien, jusqu'à ce qu'un vol d'une vingtaine d'oiseaux s'abatte sur les arbres, comme émergeant d'un nuage de farine. Ils s'assurèrent que rien ne clochait, se posèrent sur les cimes, attendant de se laisser aller vers le sol pour chercher à manger là où la couche de neige était la moins épaisse. Il n'y avait plus à hésiter. Gus leva délicatement son arme, et aligna un volatile de profil, de façon à ce que, même seulement blessé, avec une seule aile valide, il ne manque pas de tomber.

Gus n'eut pas le temps de tirer car, à ce moment précis, un coup de feu retentit, en provenance de la plantation d'Abel. Gus sursauta. Il ne s'était pas trompé. Abel avait eu la même idée et dégainé le premier. Les grives s'envolèrent et quelques secondes plus tard, d'autres arrivèrent, délogées de la plantation. Il n'allait pas laisser passer sa chance une deuxième fois. Il visa un nouvel oiseau. Il était prêt à appuyer sur la détente, mais n'eut pas le temps de la presser ce coup-là non plus. Des cris aigus se mirent à crever le vide, des cris qui venaient manifestement de l'endroit où avaient été tirés les coups de fusil et qui n'avaient rien à voir avec le chant d'une grive. Gus ne bougeait pas. D'autres cris montèrent, évoluant en grognements d'animal, puis il y eut un troisième coup de feu et ensuite plus rien. Gus distinguait à peine la première rangée de pommiers. Il attendit, sans rien pouvoir faire de plus, comme s'il espérait que quelque chose émerge du brouillard. Quelque chose qui serait sauvé. Mais rien ne vint à lui, sinon le silence. Aucune grive ne se présenta plus. De toute façon, il n'aurait pas pu tirer. Il demeura pourtant encore un long moment sous les arbres et, quand il se décida enfin à bouger, il faillit se casser la figure, tellement ses muscles étaient gourds. La meilleure chose à faire, la plus raisonnable, aurait été de rentrer pour allumer un bon feu, se réchauffer et oublier ce qu'il avait entendu. Essayer.

Au lieu de ça, Gus traversa le champ, puis la plantation, son fusil chargé à la main. En arrivant à la ferme d'Abel, il constata qu'il n'y avait apparemment personne dans le coin, ni aux abords de la plantation. Il s'approcha silencieusement jusqu'à la grange, et la longea par l'arrière, marchant courbé dans la neige virginale, économisant son poids afin de limiter les craquements de ses pas, comme s'il marchait pieds nus sur des braises, sélectionnant l'endroit qu'il jugeait le plus propice, celui qui le porterait au suivant avec le minimum de surprise. Il marchait ainsi, sans savoir ce qu'il cherchait, tel un petit être apeuré aux ordres de cette même curiosité qui menait les humains contre les murailles hallucinées du levant, le même désir de savoir, et de prendre les trésors promis, sans vouloir en payer le prix.

Longtemps après, Gus se dirait qu'il n'aurait jamais dû baisser les yeux, mais on fait parfois des choses qui sont plus fortes que nous, quand l'instinct seul dicte sa loi. Il y avait cette grosse tache dans la neige. Comme du sang. Les flocons qui tombaient de nouveau essayaient bien de l'effacer en la martelant inlassablement, mais ils n'y parvenaient pas encore. Gus était immobile, incapable de comprendre. Il regardait la neige qui se colorait de rouge au fur et à mesure de sa chute. Il fit demi-tour sans chercher d'autre explication que celle que la peur le poussait à extraire de son imagination. Il avait l'impression que ses pas faisaient autant de boucan que la grosse caisse de la fanfare qui jouait pour la fête foraine au mois d'août. Il oublia alors toutes les précautions prises jusque-là, et se mit à courir, en se retournant fréquemment pour s'assurer que personne ne le suivait. Quand il arriva enfin chez lui, il se barricada dans la maison et s'assit à même le sol en tremblant, le dos calé contre une cloison, comme un animal pris dans une nasse.

2

Ce fut Mars qui fit sortir Gus de sa torpeur. Le chien n'arrêtait pas d'aboyer. Depuis qu'il était enfermé dans la remise, il commençait visiblement à trouver le temps long. Avec l'histoire des grives et des coups de feu qui lui trottaient dans la tête, Gus n'avait pas bougé d'un pouce, échafaudant mille scénarios, pour finir par ne retenir que celui d'un drame dont il avait été l'involontaire témoin. Les cris mêlés aux détonations enflaient sous son crâne, comme des colloïdes d'argile s'agglutinant sur d'autres particules, fabriquant une pâte grossissant inexorablement. Et cette pâte était sans nul doute faite de chair et de sang, homme ou femme, un cadavre sans visage et sans contours, recouvert de givre.

Mobilisant toutes les formes de volonté qu'abritait son corps, Gus se releva en prenant appui sur une chaise. La neige fondue sous ses souliers formait des flaques boueuses qui témoignaient de la chose vécue quelques heures auparavant, sans possibilité de s'en absoudre. Tel un vieillard, il se déplaça péniblement jusqu'à la porte donnant sur la cour. Le soleil perçait le brouillard par endroits en brèches divines. Il était temps de faire sortir Mars pour qu'il se dégourdisse les pattes. Gus ouvrit la porte de la remise, et aussitôt le chien déboula pour se remettre à tourner autour de son maître en jappant, oubliant que la main du libérateur était également celle du geôlier. Gus n'était toujours pas au mieux. La neige autour de lui, il la voyait rouge. Rouge sang. C'était trop bête, ces sales idées qui continuaient de galoper sous son crâne. Il décida de se ressaisir en se disant qu'il faisait fausse route, et que se concentrer sur le travail serait le meilleur remède pour contrer ce mal sournois. Il alla soigner ses bêtes, espérant ainsi oublier les cris entendus, les coups de feu et tout le reste. Il dut vite se rendre à l'évidence que ça n'avait rien de facile, parce qu'il n'arrêtait pas de penser à Abel, le seul type avec qui il lui arrivait de discuter.

Que s'était-il passé chez Abel ?

Gus avait fait la connaissance d'Abel après la disparition de sa mère. Avant, les deux familles ne s'étaient jamais fréquentées, sans que Gus en connût la raison. Abel était bien plus vieux que lui, même si ça ne se voyait pas vraiment, étant donné que le temps s'était aussi déjà bien amusé avec Gus. Abel vivait seul également. À soixante-dix ans passés, il était encore vigoureux pour son âge. Le travail d'une vie lui avait fabriqué des muscles qu'on voyait encore sous la peau détendue de ses avant-bras barrés de veines grosses comme de la ficelle de lieuse. Ce qu'on retenait surtout en le voyant, c'était ce regard qui vous accrochait, et au travers duquel on pouvait deviner une histoire qui avait dû être faite de plus de creux que de bosses. Ses yeux étaient délavés, rincés par la vie, un peu comme le ciel quand il n'a pas vraiment de couleur définie.

La famille d'Abel était installée aux Doges depuis plus longtemps encore que celle de Gus. Autant dire une éternité, consacrée à se casser le dos sur les mêmes arpents. À lui non plus la vie n'avait pas fait de cadeau. Le père d'Abel était mort en 1942, fusillé par les boches contre un chêne qui avait longtemps porté son nom, jusqu'à ce qu'on l'abatte pour en faire de belles planches. Sa mère avait rabâché son chagrin jusqu'à en devenir folle. À croire qu'une famille au complet, c'est un projet hors d'atteinte dans ce coin-là du paradis. La solitude est un point commun à beaucoup d'hommes et de femmes, comme si la mort s'invitait à tous les mariages. chacun sait que les ménages à trois ne fonctionnent jamais, et que c'est l'humain qui finit toujours par être raboté.

Abel et le père de Gus auraient presque pu être frères de malheur, mais ils ne s'étaient jamais entendus. Sûrement à cause d'un secret enterré que tout le monde avait oublié, mais qu'ils avaient certainement nourri pour rester fidèles à leur sang. Têtus les gens du cru ! Jusqu'à un certain point. Et ce point, ç'avait été la mort de la mère de Gus, qui avait en quelque sorte sonné le glas des secrets et des rancœurs.

Ce qui faisait la différence entre les deux hommes, c'était qu'Abel avait eu une femme, décédée depuis longtemps, bien avant la naissance de Gus. Abel n'en parlait jamais, mais Gus avait appris incidemment par sa grand-mère qu'elle avait eu le genre d'accident que seules les femmes peuvent avoir, sans comprendre ce que cela signifiait exactement à l'époque, ni ressentir le besoin d'en savoir davantage. Abel ne s'était jamais remarié. En avait-il eu l'occasion ? Quand on a la chance de trouver une fille qui veut rester à la ferme, c'est déjà rare, alors pour ce qui est d'en trouver une deuxième, c'est difficile à envisager, à plus forte raison de nos jours. C'était tout ce que Gus savait d'Abel et de sa vie d'avant. Aucun des deux hommes n'était bien causant. Ils avaient pris l'habitude de s'entraider lors de certains travaux, construisant au fil des saisons ce qui devait ressembler à une amitié distante qui n'aurait jamais su dire son nom. Une semaine après la mort de la mère de Gus, Abel avait rappliqué chez lui au volant de son vieux pick-up Ford, afin qu'il lui donne un coup de main urgent. Une génisse, dont c'était le premier vêlage. Abel était entré dans la maison sans sommation, en expliquant que la matrice était sortie en même temps que le veau, et qu'il ne pouvait pas la remettre tout seul dans le ventre de sa vache : il allait la perdre si on ne l'aidait pas. Ça avait surpris Gus, qui était en train de couper des tranches de jambon cru pour son repas du soir. Il faut croire que c'était le genre de situation qui pouvait les amener à les extraire de leur solitude.

Gus n'avait fait ni une ni deux. Il avait suivi Abel, pensant que, si une telle tuile lui arrivait, il serait bien content d'avoir deux bras supplémentaires pour l'aider. Les deux hommes étaient alors montés à bord du Ford, fonçant bientôt sur le chemin du Braque, menant directement à la ferme d'Abel. Le pick-up bringuebalait sévèrement, parce qu'Abel coupait tous les virages et mordait un peu le fossé à cause de la dérisoire lueur produite par les phares du véhicule. Gus n'en menait pas large. Il n'avait pas l'habitude de la vitesse, ni même de monter à bord de ce type d'engin. Quand ils étaient arrivés à la ferme, Abel était descendu du véhicule et s'était précipité dans l'étable. Gus l'avait suivi aussi vite qu'il le pouvait, son ventre grouillait comme une fosse à purin en plein été. Le veau était né. Maladroitement campé sur ses pattes, il constatait l'évidence du géotropisme et la difficulté de se maintenir en équilibre. La vache était couchée, sa tête lamentablement posée sur la litière usée, et ses yeux révulsés semblaient chercher une issue au dehors de la vie. D'expérience, chaque paysan connaît le protocole à suivre en pareille situation. Ils avaient fait lever la vache à grand-peine et disposé la matrice lui dégoulinant de l'arrière-train comme une énorme méduse échouée sur une planche, puis l'avaient remontée à bout de bras au niveau de la vulve. Ils avaient ensuite enfourné dans les entrailles de la bête, tout ce qui n'aurait jamais dû en sortir. Après cette manœuvre, la vache exténuée s'était recouchée aussi sec, puis les deux hommes s'étaient regardés, visiblement satisfaits, et Abel avait dit d'un ton solennel :

– Allez, viens boire un coup, on l'a bien mérité… Y a plus qu'à attendre que tout s'remette en place, maintenant.

Gus avait opiné du chef et suivi Abel sans discuter jusque dans sa maison. À tour de rôle, ils s'étaient lavé les mains et les bras, encore tout poisseux. Pendant qu'il se savonnait, Gus avait entendu une porte de placard s'ouvrir et un bruit de verres par-dessus.

– J'ai que du rouge, ça ira ? avait ajouté Abel.

La réponse était superflue, vu que c'était tout ce qu'Abel avait à offrir. Il avait rempli deux verres, et Gus s'était assis sur une mauvaise chaise en paille, de sorte qu'ils s'étaient retrouvés l'un en face de l'autre, à discuter comme s'ils se connaissaient depuis toujours, comme si la situation leur était aussi naturelle que familière.

Ça fera pas de mal, avait dit Gus.

– Sûr… J'espère qu'elle va pas clamser dans la nuit. C'est souvent compliqué, un premier vêlage. Je voudrais pas avoir nourri cette génisse pour rien.

– C'est pourtant des choses qui arrivent, et on n'y peut rien…

– Au fait, je t'ai pas remercié pour le coup de main.

– Pas la peine, c'est normal de s'aider entre voisins, quand on peut.

– T'as bien raison. Au fait, tu le trouves comment, ce rouge ?

– Fameux.

– Faut juste le tirer une heure ou deux avant. Pour le laisser respirer. Sinon, c'est comme si on avalait des échardes avec.

– Je suppose que comme ça, elles ont le temps de tomber au fond de la bouteille, fit Gus avec ce qui devait ressembler à un sourire.

– J'ai jamais pensé à regarder.

Gus avait alors terminé son verre en constatant qu'il n'y avait bel et bien rien du tout dans le fond.

– Je te ressers ? avait demandé Abel, tout en attrapant la bouteille si près du goulot, qu'une goutte avait ruisselé sur sa main en se perdant parmi des réseaux de crevasses aussi arides que des canyons, aussi profondes.

– Je veux bien.

– Combien t'as de bêtes, toi ?

– Vingt-trois vaches et douze veaux à l'étable, en ce moment. Le reste, c'est des broutards que je laisse dehors à l'année.

– Quelle race ?

– Les mères sont toutes Aubrac. Je les fais inséminer par du charolais, comme ça, les veaux poussent plus vite.

– T'as pas de taureau ?

– Non, j'ai pas confiance.

– C'est du souci pour pas grand-chose, ces bêtes, quand on y réfléchit bien.

– C'est pas ce que je dirais, mais je peux comprendre que tu penses ça.

– Fais pas attention, mettons qu'y a des jours moins faciles à passer que d'autres, et que la vieillesse est pas faite pour arranger la situation.

– J'imagine…

– Qui c'est qui te les achète, les veaux, quand ils sont venus ?

– Le gros Guillet.

– Comme moi. Il est pas facile à manœuvrer, le bougre, et je parle pas que du poids.

– Moi non plus, j'le suis pas.

– J'en doute pas une seconde. Il va sans dire que si t'as besoin de moi, tu sais où me trouver.

– Je saurai m'en souvenir.

– Bon, c'est pas le tout, mais faut que je retourne voir comment se porte ma vache.

– Je t'accompagne au cas où t'aies encore besoin de moi, et après j'me rentre.

Gus avait alors vidé son verre cul-sec avec la sensation d'avaler deux ou trois échardes, qui avaient semblé se ficher dans la paroi de son œsophage. Arrivés dans l'étable, ils avaient trouvé la vache couchée sur le flanc, calme. Abel l'avait obligée à se lever en lui tapant sur l'échine avec un bâton, et le veau s'était jeté sous sa mère pour lui sucer le pis, comme une grosse sangsue posée sur des tréteaux bancals. Les deux hommes s'étaient regardés, avec l'idée qu'une chose importante venait d'être réalisée, et qu'ils en étaient les seuls artisans. Puis Abel avait ajouté :

– Je crois qu'elle est tirée d'affaire.

– Il semblerait bien.

– Merci encore.

– Surveille-la quand même dans la nuit, on sait jamais, au cas où elle rechuterait

– Je ferai ça.

Abel avait proposé à Gus de le raccompagner avec son pick-up, mais ce dernier avait refusé, prétextant une soudaine envie de se dégourdir les jambes. Il gardait le souvenir du trajet, et c'était pas une sensation agréable à revivre. La nuit était claire, juste un peu fraîche. Il devait être minuit passé. Dans l'obscurité partielle, Gus distinguait les contours des caillasses disposées en andain au centre du chemin, blanches comme des ossements patinés.

Après être rentré, Gus s'était préparé une assiette avec le jambon coupé quelques heures auparavant, ainsi qu'un gros morceau de pain de maïs, puis il avait allumé la radio et mangé tranquillement, tout en écoutant des types qui parlaient de formes de vies inconnues se débattant dans des mondes sans correspondance avec le sien.

Ce fut le premier contact de Gus avec Abel, il y avait plus de vingt ans. Beaucoup d'autres avaient suivi, et plutôt chaleureux, pour deux ours comme eux. Depuis, ils avaient pris l'habitude de mélanger leurs solitudes en buvant un coup, chez l'un ou chez l'autre. Quand l'invité finissait par se décider à rentrer chez lui, il tanguait sérieusement, et le trajet prenait plus de temps qu'il n'aurait dû. Au moins il n'y avait pas de femme pour leur jeter la pierre, pas de môme pour leur percer les tympans, rien ni personne pour leur faire des reproches. La liberté en quelque sorte. S'en convaincre.

En y réfléchissant, Gus se faisait certainement des idées. Les cris, il se disait qu'il les avait probablement rêvés. La flaque de sang qu'il avait vue, c'était peut-être le chien d'Abel qui avait saigné un rat, ou quelque autre animal. Les soirs où il n'arrivait pas à dormir, Gus pensait qu'il n'aurait pas dû rester devant ces bêtises à la télé, où il finissait par ne plus faire la différence entre le vrai et le pas vrai. Une des rares réminiscences de sa scolarité, vu qu'il n'était pas allé bien souvent à l'école. Le maître comparait souvent la mémoire à un gros meuble plein de tiroirs garnis, et d'autres à remplir. Quelques heures plus tôt, dans la brume et le froid, il avait rouvert un de ces foutus tiroirs sans le vouloir, et après, on ne sait jamais quand ça s'arrête de mouliner, parce qu'une idée en pousse une autre, à la manière d'une rangée de dominos posés debout l'un contre l'autre. Possible que les gens qui ne vivent pas seuls n'aient pas ce genre de problème, vu qu'ils peuvent en parler pour rester dans la réalité vraie. Gus n'avait que Mars à qui parler à cette heure, et même si l'animal avait des yeux qui diffusaient plus d'intelligence que la majorité des hommes que Gus croisait, il ne lui avait jamais répondu autrement qu'en remuant la queue ou en grognant, ou en plantant un regard implorant dans celui de son maître.

Gus en était là, quand le journal télévisé démarra, avec ce type qui avait toujours l'air de sourire, même quand il balançait les pires saloperies. Le journaliste se mit bientôt à dire des choses sur l'abbé Pierre, à retracer la route du saint homme. C'était toujours aussi émouvant, et Gus se leva et éteignit la télé. Il se dit qu'il irait voir Abel le lendemain pour lui emprunter sa tronçonneuse et peut-être tirer un peu les choses au clair, si l'occasion se présentait.

3

Gus ne parvint pas à fermer l'œil de la nuit. Voyant que le sommeil ne viendrait pas, il se leva et s'habilla. Il était quatre heures du matin lorsqu'il entra dans l'étable pour nourrir ses vaches. Elles durent trouver qu'il était tôt, car elles réagirent à peine par quelques mouvements de queue, sinuant sur le sol tels des serpents dérangés. Les veaux avaient nettement plus d'allant, et ne se firent pas prier pour faire leur cinéma habituel, rejetant leurs pattes arrières dans le vide avant d'être libérés de leur box et guidés vers les ventres étalés des mères, qui se relevèrent dans un effort animal en rejetant de la vapeur par leurs naseaux luisants. Gus attacha les cordes retenant les veaux aux lourdes chaînes entourant l'encolure des vaches. Après quoi, il alla emplir les râteliers de foins, afin de calmer la douleur des vaches. Elles ne se firent pas prier pour croquer l'herbe sèche. Puis Gus raccompagna les veaux repus dans leur enclave de planches crasseuses, et embrassa l'intérieur de l'étable et ses occupants du regard. Ce qui habituellement lui procurait une certaine satisfaction ne lui apporta ce matin-là qu'une incontrôlable vague de lassitude. Il éteignit la lumière, effaçant ainsi l'acte et le vivant dans un même geste.

Une fois qu'il en eut terminé avec son travail matinal, il entra faire chauffer un peu de lait et beurrer deux tartines de pain de seigle. C'était étrange et nouveau à la fois, cette sensation que le demi-siècle passé ne trouvait aucune justification aux yeux de Gus, comme si la routine rassurante marquait désormais la négation de son vécu d'homme, comme si sa conscience changeait de polarité. Rien ne parvint à passer dans sa gorge. Il versa son lait dans l'écuelle de Mars. Les tartines, il n'essaya même pas de les goûter. Il y avait comme une corde dans son ventre, qui n'arrêtait pas de s'entortiller sur elle-même et de grossir pour vouloir toute la place. Il n'arrêtait pas de repenser aux coups de feu et aux cris.

Ce ne serait pas la première fois qu'Abel ferait des secrets à Gus. Il y avait eu cette soirée d'automne, où Abel était venu l'aider à rentrer ses vaches à l'étable pour les mettre à l'abri durant la mauvaise saison. Elles avaient pâturé une partie du printemps et l'été tout entier, et elles avaient pris certaines libertés que deux hommes et un chien ne seraient pas de trop à leur faire abandonner. Le chien de cette époque s'appelait Skip. Gus ne se souvenait plus pourquoi il l'avait baptisé de la sorte, peut-être à cause d'un vieux feuilleton télévisé, ou d'une marque de lessive. Le fait était que le nom sonnait bien, une seule syllabe qui claquait comme un coup de fouet dans l'air. Skip avait fait le tour du troupeau en aboyant et en mordillant les jarrets des bêtes les plus récalcitrantes, pendant que les deux hommes jouissaient du spectacle depuis le haut du pré où se trouvait la barrière, tout en fumant.

– Il s'y entend, c'te bête ! avait dit Gus, fier de son chien.

– Sûr qu'il est bougrement efficace.

– Bien plus qu'on le sera jamais.

– T'y vas un peu fort, un animal, ça a quand même ses limites.

– Ouais, mais si on devait être lâchés dans la nature, qui s'en sortirait le plus facilement à ton avis, lui, ou nous ?

– Il se trouve qu'on n'a pas les mêmes limites, c'est tout, répondit Abel sur un ton qui se voulait sérieux.

– Ben voyons. En tout cas, y a une limite que t'as pas, toi.

– De laquelle tu veux parler ?

– De celle de la mauvaise foi.

Abel ne répondit pas, son œil droit clignait, alors qu'il regardait le chien travailler, un tic qu'il avait quand il n'était pas mécontent de lui. Une fois les vaches rassemblées, Gus entreprit d'en faire le tour, pour conduire le troupeau vers la barrière ouverte qui donnait sur le chemin, pendant qu'Abel interdisait une des issues avec son bâton de noisetier. Les bêtes ainsi aiguillées prirent la direction des Doges en beuglant.

Peut-être que Gus était particulièrement détendu ce soir-là. Peut-être que c'était à cause de la belle lumière qui chapeautait la rangée de chênes disposés en lisière du pré, faisant comme une canopée incendiée. Ou peut-être à cause de l'amorce d'une nouvelle saison qui allait contribuer à ralentir la vie, à la laisser s'enrouler autour d'un axe primordial. Et au final, c'était certainement un peu tout ça à la fois qui avait poussé Gus à poser sa question, après quelques digressions calculées.

– Dis-moi, Abel, on se connaît assez bien, maintenant, toi et moi ?

– Autant que deux hommes en sont capables, je crois.

– C'est ce que je pense aussi. Alors on peut se dire les choses ?

– Sûr qu'on peut se les dire telles qu'on les pense,

– Même celles qui nous tracassent ?

– Je suppose… vas-y, accouche ! dit Abel impatient.

– Pourquoi tu t'es jamais entendu avec mes parents ?

– Je me doutais que c'était un genre de question comme ça, que t'allais me poser, vu les gants que tu prenais pour me l'amener.

– Un genre trop personnel, tu veux dire ?

Avant même d'envisager une réponse, Abel avait donné un coup de bâton sur l'échine d'une vache qui faisait à peine mine de s'écarter des autres. D'évidence, ça l'aurait certainement bien arrangé que la belle mécanique du troupeau se désorganise, parce qu'ainsi la conversation aurait été coupée et qu'il n'aurait pas eu à répondre à Gus. Pas à ce moment-là, en tout cas. Il n'allait pas pouvoir s'en tirer de nouveau par une pirouette, comme avec l'histoire du chien de tout à l'heure. Avec cette idée que Gus s'était bien déblayé le terrain.

La bête indocile recolla au sillage de la précédente, et la question resta encore un moment en suspens entre les deux hommes, avec un silence qui soulignait encore un peu plus l'importance de cette interrogation faisant référence au passé, et que le présent, quelle qu'en fût la forme, n'était pas en mesure de se mettre en travers de ce cheminement à rebours.

Gus attendit qu'Abel se décide enfin à parler, après avoir visiblement pris le temps de tarer au mieux la balance de ses pensées.

– Je suppose que tu parles d'un temps où on n'avait pas

besoin les uns des autres, dit Abel en essuyant quelques gouttes de sueur sur son front avec sa main qui tenait le bâton.

– C'est un temps que j'ai bien du mal à imaginer, si tu veux mon avis !

– Faut pas croire que t'as tout vu dans ta vie.

– J'ai jamais pensé une telle chose, mais il me semble qu'il y a une différence entre pas avoir besoin des autres et les regarder de travers. En tout cas, moi, j'appelle pas ça pareil, dit Gus un brin agacé.

– Et t'appelles ça comment, puisque t'es si fort ?

– Je suis pas plus fort qu'un autre, mais je sais faire la différence entre la rancune et l'indifférence…

– T'étais pas bien grand à l'époque, pour être en mesure de tirer ce genre de conclusion !

– J'avais des yeux pour voir et des oreilles pour entendre.

– Pourquoi tu parles de rancune, d'abord ?

– Me prends pas pour un con, Abel !

– Dis-moi ce que tu penses, alors ?

– Je pense que tu vas arrêter de me poser des questions et me donner la réponse que j'attends, sinon je devrais considérer que t'as des choses à cacher, des choses que deux hommes qui se disent amis pourraient pas supporter.

– C'est un ordre que tu me donnes là ?

– C'en est pas un, juste une demande qui me tient à cœur. C'est toi qui sembles en faire toute une montagne…

– J'en sais rien, moi, du pourquoi et du comment… Il a dû se passer une histoire du temps des parents, une histoire suffisamment grave pour laisser des traces.

– C'est marrant, ce que tu me dis là, parce que justement,

la grand-mère m'avait raconté que les relations étaient plutôt au beau fixe de son temps à elle. Alors, ça colle pas vraiment avec ce que tu me dis… Et je trouve pas qu'elle était gâteuse, même à la fin.

– Pourquoi tu me cuisines, puisque t'as l'air d'en savoir aussi long qu'un jour sans pain ? dit Abel en balançant son bâton dans le vide, comme s'il voulait chasser une nuée de mouches, ou une grosse toile d'araignée, quelque chose qui semblait bel et bien lui barrer le passage.

– Ce que t'as pas l'air de comprendre, c'est que, quoi qu'il se soit passé, je pourrais l'accepter, dit calmement Gus, après que le bâton d'Abel se fut remis au rythme de sa jambe droite.

– Y a bien eu cette histoire de vaches échappées de leur pacage, et qui étaient venues saccager un de mes champs que j'avais juste ensemencé d'orge.

– Ah ! C'est une histoire fâcheuse que tu me racontes là, suffisamment importante pour expliquer les mauvaises relations, j'imagine, dit Gus ironiquement.

– Faut des fois pas grand-chose pour se louper.

– Si tu le dis…

– J'le dis. Notre terre, je vais pas t'apprendre à toi, que c'est un peu notre enfant, alors, quand on lui fait du mal, ça nous touche un peu pareil.

– Drôle de comparaison !

– Tu trouves ? À moi, elle me paraît juste.

– T'as pourtant jamais eu d'enfant à ce que je sache ?

– Non, c'est vrai, j'en ai jamais eu, fit Abel, semblant contenir une colère qui montait en lui.

Gus savait qu'il venait de mettre le doigt sur un point sensible, mais il décida tout de même de continuer d'enfoncer le clou. Il demanda :

– Alors, si je te suis bien, tu saurais d'instinct la douleur qu'on ressent à voir souffrir un enfant ?

– C'était une façon de parler.

– Je te connais suffisamment bien pour savoir que t'es du genre à peser tes mots, d'habitude.

– Et ben, comme tu vois, tu me connais pas aussi bien que tu le penses… Et j'aimerais qu'on en reste là.

– À t'écouter, on dirait que j'ai pas vraiment le choix ?

– En tout cas, quoi que tu me demandes, j'ai plus rien envie d'ajouter à ce que je t'ai dit. Je te rappelle qu'on a ce troupeau à mener à l'étable.

– T'inquiètes pas, je reviendrai pas sur le sujet, même si tu m'as pas vraiment contenté.

– Alors, parlons d'autre chose, ou de rien, ça sera mieux pour tout le monde, dit Abel en se tournant vers Gus, avec des yeux qui ressemblaient à des vitres sales par temps de pluie.

– Tu sais ce que je crois, Abel ? dit Gus en détournant son regard vers l'avant du troupeau.

– Comment veux-tu que j'le sache ?

– C'est que tu mens sacrément mal.

Après ces mots, seul le bruit des sabots des vaches écassonnant les mottes de terre sur leur passage accompagna les deux hommes durant le reste du trajet. De temps à autre, une bête relevait sa queue pour expulser une bouse liquide, qui venait exploser sur le chemin en flaque verdâtre que ni Gus ni Abel ne prenaient la peine d'éviter.

Gus ne posa jamais plus la question.

Gus était incapable de demeurer sans rien faire, au risque de se perdre définitivement. Trop d'idées macabres accouchaient d'autres idées encore plus calamiteuses. Il se vêtit chaudement, dépendit son fusil de la poutre, en voulant se convaincre que c'était pour le cas où il verrait des grives; mais la réalité, c'était que ça le rassurait d'avoir une arme avec lui. Il fourra même des cartouches de 4 dans les canons, le genre de chose qu'il ne faisait jamais avant d'être sur un lieu de chasse. Il faut avouer que, côté peur, Gus était servi, sans pouvoir se raisonner, incapable qu'il était d'empêcher des sensations pas agréables de se promener dans sa tête, comme des chauves-souris les soirs d'été.

Quand Gus se remit en route, les premiers rayons du soleil mangeaient l'horizon et la neige gelée craquait sous ses pieds. Mars semblait rudement content de partir faire un tour, lui aussi. Il n'arrêtait pas de tourner autour de son maître. Gus se disait que le flair du chien lui serait utile pour prévenir d'un éventuel danger. Deux précautions valaient mieux qu'une, et il n'était pas homme à se laisser prendre en chasse. Malgré le froid intense, il sentait des gouttes de sueur lui couler dans le creux des mains, et pourtant il n'avait pas de gants, juste ses poches pour le protéger.

Gus et Mars arrivèrent bientôt en vue de la ferme d'Abel. Désormais, le soleil crachait ses rayons sur les arbres déplumés, qui ressemblaient à des arêtes de gros poissons sans chair dans un charnier à marée basse. Gus n'était pas à l'aise, et encore moins quand il s'aperçut que Mars était également nerveux. Il s'avança dans la cour encadrée par la grange, l'étable, la remise à bois et la maison, de sorte qu'il n'y avait qu'un seul passage, avec un portail jamais fermé, pour entrer dans la ferme d'Abel. Le propriétaire des lieux n'était pas dehors. Gus jeta un coup d'œil dans l'étable. À la vue de l'intrus, les vaches secouèrent leurs chaînes. Il progressa jusqu'au fond du bâtiment sentant le fumier, même s'il paraissait évident qu'Abel n'était pas dans les parages et qu'il n'avait pas encore pris le temps de dégager la merde, la paille et la pisse mélangées. Ensuite, Gus visita la grange et la remise pour le même résultat, puis décida d'aller frapper à la porte de la maison.

Il s'y reprit à plusieurs fois, en cognant avec son poing, mais comme personne ne répondait, il s'imagina qu'Abel était peut-être malade et il tourna la poignée. La porte n'était pas fermée à clef. On dit souvent que c'est le premier pas qui coûte. Gus le fit. Il n'y avait pas le moindre bruit à l'intérieur. En donnant un coup d'œil à la rangée de godasses alignées dans le vestibule, il remarqua qu'il manquait les bottes qu'Abel portait habituellement. Gus n'était pas d'un naturel très curieux en temps ordinaire, mais il ne put résister à l'envie de faire une fouille en règle de la maison, en commençant par la cuisine. Une casserole avec un fond de café était posée sur le fourneau. Sur la table se trouvait une assiette, avec les restes d'un casse-croûte, ainsi qu'un verre vide qui sentait le vin, et une bouteille vide à proximité. Abel n'était pas du genre à partir boiteux au combat, quel qu'il soit. Chaque chose présente semblait reprocher son attitude inquisitrice à Gus, et du coup, par le simple espace que chacune occupait, provoquait une raréfaction d'oxygène dans la pièce.

Gus était de plus en plus mal à l'aise. Il poussa pourtant ses investigations jusqu'à la chambre à coucher. Le lit était fait et il régnait une odeur entêtante, qu'il ne parvenait pas à identifier avec précision, une fragrance ressemblant à ce qu'on se serait attendu à sentir dans une chambre de vieux, mais pas d'un vieux comme Abel, un mélange d'eau de Cologne et de fleurs séchées, quelque chose comme ça. Mars, qui avait suivi son maître à l'intérieur, n'arrêtait pas d'émettre des sons plaintifs à la manière d'une souris apeurée. Il faisait rudement sombre à cause des volets fermés. Gus ne voulut pas presser l'interrupteur, de peur de réveiller une monstruosité impalpable en dormance. Ses yeux mirent un moment avant de s'habituer à la pénombre, et à distinguer le redan constitué par les angles des meubles se découpant sur le mur blanc opposé, ressemblant aux crémaillères d'un antique château fort abritant une implacable armée désireuse de ferrailler avec l'assaillant. Tout au fond de la pièce, sur une chaise branlante, il crut apercevoir plusieurs peluches colorées, apparemment pas de première fraîcheur, du genre de celles qu'on peut gagner à la fête foraine si on a des sous à gaspiller. Gus était prêt à s'en approcher un peu plus, pensant que le mouvement servirait de pare-feu à sa propre peur, quand Mars se mit à aboyer. Gus sursauta. Une porte claqua. Il se retourna brusquement en tenant toujours fermement son fusil dans ses mains, la gauche agrippée au fût et la droite à la crosse, libérant un doigt posé sur le pontet. Il se retrouva alors face à Abel qui paraissait mort de fatigue et visiblement pas content du tout de le voir dans sa maison.

– Qu'est-ce tu fais chez moi ? demanda Abel en mordant chaque mot prononcé.

– Je m'inquiétais.

– Tu t'inquiétais de quoi ? Et puis baisse cette arme, tu veux.

– Oui, bien sûr, répondit Gus en prenant conscience qu'il avait machinalement dirigé son fusil dans la direction d'Abel. J'ai fait le tour des bâtiments avant de frapper à ta porte et, comme personne me répondait, je suis entré pour voir si tout allait bien.

– Eh ben, tu vois, ça va plutôt bien.

– C'est c'qui semble, en effet.

– T'es quand même pas venu juste pour savoir comment je vais, y a autre chose qui t'amène, je suppose ?

– Autre chose… oui.

– Alors, quoi ?

– Ta tronçonneuse… je voulais te l'emprunter, si c'est possible.

– T'as besoin de prendre ta pétoire pour ça ? fit Abel sans quitter le fusil des yeux.

– C'était pour le cas où y aurait des grives qui passent.

– À c't'heure ?

– On sait jamais.

– La chasse est fermée, j'te rappelle !

– T'as déjà vu un garde-chasse dans l'coin, pour l'affirmer ?

– Sûr que non, mais… T'es sûr que tu m'dis tout ?

– Qu'est-ce qu'y aurait à rajouter ?

– Je sais pas, moi ?

– J'ai rien à dire de plus que c'que j'ai déjà dit.

– Bon, tu viens ? fit alors Abel en balançant sa tête en direction de la cour.

– Où ça ?

– Tu te rappelles, la tronçonneuse que tu veux m'emprunter.

– Ah oui… tu veux bien me la prêter ?

– Evidemment.

Gus essayait de ne rien montrer de ce qui le tracassait, mais son cœur cognait dans sa poitrine comme un marteau-piqueur, et ça lui demandait un sacré effort de prendre suffisamment de l'air filant à marche forcée jusqu'à ses poumons. Il emboîta le pas d'Abel en chemin vers la remise. Ce dernier farfouilla un moment, puis extirpa une tronçonneuse couverte de sciure et de traces graisseuses de sous le plateau de son établi encombré d'outils de toutes sortes et de boîtes contenant des pointes et des vis. Il la tendit à Gus en disant :

– T'as d'l'huile à chaîne et du mélange, je suppose ?

– J'ai tout c'qu'il faut.

– Tu peux la garder quelques jours, j'en ai pas besoin ces temps-ci. Tire bien sur le starter au démarrage, parce que si tu la loupes, elle repartira pas sans que t'aies à démonter la bougie.

– D'accord, merci du conseil.

Abel tendit la tronçonneuse à bout de bras, mais il ne la lâcha pas quand Gus voulut s'en saisir, comme pour montrer de quel côté se trouvait la force et la détermination, et que les mots qu'il allait dire étaient aussi affûtés que les dents de la chaîne.

– C'est marrant c't'idée que j'arrive pas à me sortir de la tête.

– Laquelle ?

– Que j'suis pas certain que c'que tu veux vraiment est en rapport avec c'que tu m'demandes.

– Qu'est-ce qui te fait dire ça ?

– Ton attitude. On te dirait tracassé d'une chose que je sais pas, mais qui a pourtant bien l'air de me concerner.

– Tu te trompes, y a rien qui me tracasse plus que de faire tomber deux châtaigniers morts.

– Et ça pouvait pas attendre un jour de plus, c't'oraison, vu que j'avais pas l'air d'être chez moi ?

– Tu m'connais, quand j'ai quelque chose en tête, je suis pas du genre à m'arrêter en chemin.

– Même quand il s'agit d'aller au-delà des bonnes manières qu'on se doit entre gens civilisés, à ce que j'vois. Je saurai m'en rappeler.

– J'admets que j'aurais jamais dû rentrer chez toi, et je m'en excuse encore une fois.

– C'est heureux, dit Abel en lâchant la tronçonneuse, de sorte que Gus manqua d'être entraîné par le poids de l'outil. Un sourire jaillit alors du visage d'Abel, comme un geyser, puis il se ferma de nouveau pour que ses mots ne perdent rien de leur gravité et il ajouta :

– Et souviens-toi.

– De quoi ?

– On rentre pas chez les gens, tant qu'on n'y a pas été invité.

– Je m'en souviendrai.

– Ça serait bien pour l'futur de nos relations.

Il n'y avait décidément rien d'amical dans la voix d'Abel. Il regarda Gus s'éloigner. Aucun des deux hommes ne semblait tranquille. Gus marchait lentement, le pouce de sa main droite glissé sous la bride de son arme. Il mourait d'envie de regarder ce qui se passait dans son dos, puis la porte de la maison se referma dans un grand bruit sec. Quand Gus se retourna, la cour était vide.

Après avoir passé le portail, Gus observa la combe en contrebas. Il laissa passer un peu de temps afin de s'assurer qu'Abel n'ait pas l'idée de vérifier qu'il avait bien quitté les lieux. Des gouttes d'eau provenant des toits se fracassaient sur le sol, libérées de leur état neigeux par la chaleur du soleil, faisant comme les branches liquides d'un saule pleureur, et des particules de lumières découpées dans un arc-en-ciel s'amusaient dans son champ de vision, telles des diatomées évoluant dans un organisme vivant.

Constatant que tout était calme, Gus bifurqua au coin de la grange, marcha en direction de la porte de derrière, tira la clenche du verrou et entra. Mars était pressé de remonter aux Doges, mais Gus avait une idée derrière la tête. Il monta dans la barge à foin par un escalier de fortune, fait de marches suffisamment larges pour que Mars soit en mesure de suivre. Il n'était pas aisé de marcher sur les poutres avec un fusil dont la courroie menaçait de glisser sans arrêt de son épaule et qu'il fallait rajuster sans cesse d'une main, sans compter la tronçonneuse qu'il tenait dans l'autre. Il fit l'équilibriste jusqu'au portillon situé en hauteur, par où Abel faisait passer le foin quand il le déchargeait de la remorque pour l'empiler à l'abri. Les lames ajourées lui permettaient de voir l'ensemble de la cour. Le poste d'observation était idéal. Il fit allonger Mars sur les bottes de foin en lui parlant tout doucement pour le rassurer. Puis il s'assit pour voir s'il allait se passer quelque chose, en espérant au fond qu'il ne se passe rien.

Gus n'eut pas longtemps à attendre ; environ cinq minutes

plus tard Abel sortit de sa maison. Gus plaqua une main sur le museau de Mars. Il vit Abel disparaître derrière le bâtiment et revenir peu après en tenant une pelle-bêche souillée qui avait dû servir à creuser récemment. Il se dirigea vers le bassin qu'il utilise pour laver les noix et entreprit de faire tremper la pelle plusieurs fois de suite dans l'eau et de la frotter avec une brosse. Ce qui dégoulina ressemblait à de la rouille, la même couleur que provoque une coulée d'argile dans une rivière après une forte pluie. Gus, lui, ne pensait pas à de l'argile. Abel baigna une dernière fois le tranchant de la pelle et, désormais, ce n'était plus que de l'eau claire qui ruisselait dessus, à la manière d'une nuée de cloportes chassés par la lumière. Gus ne bougeait pas et Mars sentait que ce n'était pas le moment de la ramener. L'animal semblait avoir aussi peur que son maître.

Ils en étaient là, l'homme et le chien, lorsqu'Abel leva les yeux tout droit en direction de sa grange. On aurait dit qu'il fixait exactement la petite porte par où il engrangeait son foin en juin et le regain en septembre. C'était le regard de quelqu'un capable de deviner ce qui se trouve derrière un mur, quelqu'un capable de sentir une présence malgré les obstacles, quelqu'un qui aurait ce genre de pouvoir-là, qui voisinerait avec le diable en personne. La tension dura une bonne minute, une minute infinie, durant laquelle Gus eut la sensation d'être fixé à la poutre qui le soutenait. Puis Abel se mit à regarder attentivement sa pelle toute propre, comme s'il défiait l'univers tout entier, et une personne en particulier, de trouver la moindre trace qui aurait pu contrarier le déroulement de cette journée. Ensuite, il alla ranger son outil dans la remise, prenant soin de fermer la porte à clef, puis se dirigea vers la maison. Même de l'endroit où il était posté, Gus était prêt à jurer qu'Abel souriait.

Des frissons montèrent dans tout le corps de Gus. Mars devait sentir que son maître n'était pas au mieux et voulait dégager son museau pour se manifester. Si jamais Gus le lâchait, il allait sans doute se mettre à couiner ou à aboyer. Abel pourrait peut-être l'entendre, et Gus n'aurait pas d'explication satisfaisante à donner. Il entreprit de calmer l'animal en le caressant tout en lui parlant doucement. De son autre main, il arrima la courroie du fusil sur son épaule et jeta un dernier coup d'œil dans la cour. Abel avait disparu. Gus se dit qu'il n'était plus temps de réfléchir. Il saisit la tronçonneuse et refit l'équilibriste en sens inverse. Mars était tout content de ressortir ; Gus, lui, ne savait pas vraiment ce qui l'attendait dehors.

Une fois arrivé à la porte de la grange, il l'entrebâilla pour regarder si Abel ne lui avait pas joué un mauvais tour et ne traînait pas dans le coin. La voie paraissait libre. Gus accéléra le pas, suivi de Mars. Ils enfilèrent un rang de la plantation de pommiers, pour être le plus vite possible à couvert. Gus ne sentait pas le poids de la tronçonneuse. Il ne pensait même pas que son fusil était toujours chargé et qu'un coup pouvait partir si jamais il trébuchait. Il voulait juste se tirer de là, sans regarder en arrière. Un vol de grives s'envola de sous les arbres en faisant un raffut de tous les diables et des corbeaux accompagnèrent les fuyards en croassant, leurs ailes crissant sur le ciel en papier de verre, comme si rien de vivant ne devait échapper à leur vigilance.

Gus ne se sentit en sécurité qu'après avoir atteint la lisière de chênes, exactement à l'endroit où il se trouvait à l'affût la veille ; là où, d'une certaine façon, tout avait commencé, là où il avait conçu l'idée d'un drame. Il se retourna alors, mais rien ni personne n'apparut et cela ne lui apporta aucun soulagement. Des fils de sueur glissaient maintenant sur son front. Il se remit en route une fois assuré que tout était en ordre, avec le soleil en pleine face.

En s'éloignant de la ferme d'Abel, Gus pensa à l'abbé qu'on allait enterrer dans deux jours. Il fallait qu'il se concentre là-dessus.

4

De retour aux Doges, Gus sortit son tracteur avec sa benne encore attelée sur les trois points du relevage et y déposa un pneu usagé, la tronçonneuse, un bidon d'huile, du mélange, un merlin et des coins de différentes tailles. Il occupa le reste de la journée à abattre deux châtaigniers secs, qu'il débita en morceaux d'un mètre de long chacun, puis rassembla les petites branches inutilisables et y mit le feu à l'aide du pneu qu'il avait emporté. Pendant que ça flambait, il commença à fendre les troncs avec le merlin et les coins.

Gus avait toujours aimé faire du bois de chauffage. Tronçonner, débiter, fendre, empiler. Il s'agissait de la seule activité qu'il eût jamais partagée avec son père, vraiment partagée, même s'ils ne se parlaient pas en travaillant ; une sorte d'entente secrète, une empreinte commune incrustée en chacun d'eux, quelque chose qui devait se situer au-delà de la mémoire, quelque part dans le sang. Le père et le fils ne s'étaient jamais bien entendus. Peut-être que si le père avait vécu plus longtemps, il se serait passé des choses entre eux, de l'ordre du pardon et de la rédemption ; mais il arrive fréquemment que la vie rencontre la mort plus tôt que prévu, et personne n'y peut grand-chose. Pour Gus, c'était une drôle de blessure pas vraiment refermée, qui suintait quand il n'aurait pas fallu.

Gus se souvenait que, quand il était petit, son père l'envoyait toujours tirer du vin à la cave, au moment des repas. Il devait alors ouvrir la petite porte au fond de la cuisine, descendre un escalier en bois sans contremarches, un genre d'échelle améliorée, avec un garde-fou fait d'un vulgaire tuyau en galva. Un problème électrique, que son père n'avait jamais résolu, faisait que les plombs sautaient une fois sur deux quand on allumait la lumière. Pour ne pas le mettre en rogne, Gus descendait avec une lampe électrique en faisant attention à ne pas louper de marche, ce qui l'aurait conduit en bas plus rapidement que prévu, le cul en compote, par-dessus le marché. Une erreur que son père lui aurait probablement pardonnée à vide, mais certainement pas avec une bouteille pleine entre les mains. À chaque descente, c'était pourtant une sensation de joie qui lui venait, au fur et à mesure qu'il s'enfonçait dans la cave, dans ce silence gardé par les grosses pierres dissemblables des murs, au milieu des vapeurs soufrées et des cadavres de bouteilles, avec leur fermoir en porcelaine, qui avaient contenu du cidre jadis, à l'époque où on ramassait encore les petits fruits boursouflés et tavelés des pommiers plein-vent, et qu'on ne les laissait pas bouffer par les vaches à mesure qu'ils tombaient par terre.

Le grand plaisir du gamin, c'était de balancer le faisceau de lumière à l'intérieur de la cave et de surprendre des araignées grosses comme une main, sa main. Aussi loin qu'il lui était possible de remonter, Gus n'avait pas le souvenir d'avoir éprouvé de la peur, même quand un rat déboulait de derrière une des barriques, pour se fourrer dans un des trous du mur, jamais le même. Ce qui l'incitait à se demander comment la maison pouvait encore tenir debout, vu qu'il pensait que les rats étaient capables de bouffer la pierre avec leurs dents, aussi facilement que du fromage. Ça n'aurait pas vraiment gêné Gus qu'une telle chose arrivât au moment où il était enfermé dans la cave, se disant que ce ne serait pas donné à tout le monde d'avoir une tombe de ce genre. Il devait avouer que bien des fois il avait espéré que ça se produise, pendant qu'il tournait le robinet serti dans le bois de la barrique et qu'il regardait un vin épais gicler dans la bouteille, puis qu'il ralentissait progressivement le débit quand le niveau du liquide approchait du goulot. C'est qu'il ne fallait pas en perdre une seule goutte. La dernière, il l'essuyait d'un doigt et le portait à ses lèvres avant de remonter donner sa ration quotidienne à son père, qui trouvait immanquablement que Gus avait été trop long. Sa contrariété oubliée, le père renversait le goulot de la bouteille dans son verre, comme il l'aurait fait avec une cheville pour planter une salade le long d'un cordeau tendu, puis il buvait cul sec cette bénédiction et faisait claquer sa langue contre son palais en même temps qu'il reposait bruyamment son verre vide sur la table en disant : « encore un que les boches n'auront pas ! » Gus l'observait attentivement en se disant que le vin apportait plus de choses qu'il n'en prenait, que c'était une des grandes lois de la nature, étant donné que son père était bien plus calme quand il avait picolé, comme apaisé ; que ce qui se passait à l'intérieur d'un homme après un verre ou deux était une expérience à vivre chaque jour, un délicieux engourdissement qui faisait voir les choses différemment, qui vous conduisait à regarder à l'intérieur de vous sans vous laisser emmerder par ce qui se passait autour.

Gus n'avait jamais vu son père soûl, probablement qu'il buvait trop pour ça. Il s'endormait inévitablement après le repas, assis sur sa chaise, la tête basculée en arrière sous sa casquette crottée, et il se mettait à ronfler comme une locomotive gorgée de charbon. Gus pouvait demeurer ainsi, à l'observer, en attendant qu'il se réveille et lui demande de retourner remplir la bouteille, pendant que sa mère était partie Dieu sait où.

Pour autant que Gus s'en souvienne, ses parents étaient comme chien et chat, et lui, il était bien souvent au milieu, à ne pas savoir qui avait raison ou tort. À ne pas savoir pourquoi il finissait toujours par prendre une torgnole de l'un ou de l'autre, et souvent des deux à la fois. Ils s'entendaient au moins là-dessus. Des roustes, Gus en avait pris des sévères par son père, des coups de ceinture, ou de branches de noisetier, qui faisaient mal sur le moment, mais dont la douleur physique, d'une certaine façon, donnait un sens à son existence, faisant comme des scarifications qui finissaient par s'effacer quand il aurait voulu en garder la marque. Tandis que sa mère, en plus de le rosser, disait des choses qu'on ne devrait jamais dire à un enfant, et encore moins au sien, des choses qui vous font penser qu'il vaudrait mieux être dans un trou recouvert de terre fraîche, que ce serait la meilleure place. Et bon sang, c'était tous les jours pareil, si bien que Gus avait fini par y descendre, dans le trou, avec sa mère au bord, qui lui balançait des petites pelletées de terre sur le corps, sûrement pour que le calvaire dure le plus longtemps possible.

Quand Gus repensait à son père, le souvenir était nettement moins douloureux. Il n'avait jamais eu de haine pour lui. Avec le temps, il se disait que son père n'était certainement pas courageux, et c'était pas au travail que Gus pensait. Il ne parvenait pas à imaginer ce qui avait pu unir ses parents un jour, ni comment ils en étaient arrivés à vivre ensemble.

À dix ans, il avait pourtant eu un aperçu de la façon dont les relations pouvaient se passer entre eux. Le genre de rapprochement entre un homme et une femme. Ils étaient dans l'étable, lorsqu'une dispute avait éclaté, comme souvent quand ils se retrouvaient trop longtemps au même endroit. Gus était dans la cour en train de donner du grain aux poules. Il entendait clairement la voix de sa mère virant dans les aigus, comme quand du quartz frotte sur du quartz. Il sentait la colère et la haine traverser les murs, pour l'entraîner sournoisement dans une sorte de fascination malsaine, comme si les affrontements de ses parents le confortaient dans l'idée que les rapports humains procédaient toujours d'une mécanique violente et, qu'au final, ce qu'il vivait au quotidien était la normalité. La seule envisageable.

Puis, les cris étaient devenus plus sourds. Le père semblait avoir pris le dessus. La mère balançait encore des : « Salaud… pourri… j'te ferai la peau, si t'oses… », mais l'intonation n'était plus tout à fait la même. Elle ne luttait plus seulement avec ses mots. Son corps était désormais entièrement engagé dans un combat primal. Gus s'était alors rapproché de la porte de l'étable. Le battant du haut, suffisamment entrouvert, permettait de voir ce qui se jouait à l'intérieur. Le père avait plaqué la mère contre la poutre d'un cornadi. Il l'avait ensuite retournée violemment, puis avait coincé un genou entre ses cuisses pour les écarter, ce qui avait fait remonter la robe que portait sa femme jusqu'à ses maigres fesses recouvertes d'une culotte trop grande. Malgré sa position obscène, elle continuait à traiter son mari de tous les noms d'oiseaux, mais on voyait bien qu'au fond, elle savait comment l'histoire allait se terminer. Le père soufflait comme une forge en action, et le genre de braises qui semblaient le consumer de l'intérieur n'allaient pas tarder à être expulsées, d'une manière ou d'une autre. Il se mit à déboutonner maladroitement sa braguette d'une seule main, tout en maintenant fermement la mère de l'autre, pour ne pas qu'elle bouge, à la manière d'un cow-boy cherchant à ne pas perdre l'équilibre sur le dos d'un cheval pas dressé.

D'où il était posté, Gus avait l'étrange impression que, si son père avait relâché son étreinte, sa mère n'aurait rien tenté pour autant. Le père avait alors remonté la robe plus haut sur les reins, avait arraché la culotte, puis passé une main entre les cuisses de sa femme, comme pour s'assurer d'une chose importante, et dans un grand coup de rein il s'était enfoncé en elle en jetant un râle de bête folle. La mère ne semblait plus respirer, son corps allait d'avant en arrière et sa tête venait frapper le montant du cornadi à intervalles réguliers. La saillie avait duré quelques secondes. Et, dans un ultime coup de boutoir, le père avait craché sa rage, en même temps que sa semence giclait au plus profond des ténèbres ravagées de sa propre femme. Il s'était retiré, avait remonté son pantalon, reboutonné sa braguette, saisi une fourche piquée dans une botte de foin, puis s'était mis à garnir les râteliers pour nourrir les bêtes avec des gestes calmes et mesurés. La mère ne bougeait pas, du foutre ruisselait sur ses cuisses blanches. On aurait dit le Christ accroché à sa croix, dans une communion que personne n'était en droit de contrarier.

Gus s'était reculé lentement dans la cour et était parti se cacher dans la maison, avec la certitude absolue d'être un fruit pourri conçu dans la violence et la haine, toujours accroché sur l'arbre.

Il n'y avait qu'à regarder Gus et observer les regards fuyants des gens pour y déceler le dégoût qu'il inspirait. Des filles, il en avait regardé quand il était plus jeune, qu'il trouvait plutôt jolies, qui auraient même fait son affaire et à qui il lui arrivait de penser en se masturbant le soir dans son lit. Au mieux, elles passaient leur chemin sans le voir, au pire, elles lui riaient au nez en se moquant de ce qu'elles voyaient au dehors. Elles ne valaient pas mieux que sa mère, sauf une, qui l'avait regardé autrement, qui lui avait donné et repris l'espoir, et qui continuait aujourd'hui à accompagner son cœur. Mais c'était pas le bon moment pour aller dans cette direction.

Le calvaire avait véritablement commencé quand ses parents avaient envoyé Gus au catéchisme. Les autres gamins l'appelaient « Nabochodinosaure ». À ce qu'il paraissait, Nabuchodonosor avait été roi de Babylone. Il en était question dans la bible. Il faut dire que les enfants ça n'a pas de pitié en eux, ils appuient sur la tête des plus faibles pour ne pas se deviner.

Depuis ce temps-là, Gus n'aimait pas vraiment les gens et, quand il réfléchissait à ce qu'ils avaient en commun, eux et lui, il les aimait encore moins.

Ces fragments d'enfance remontaient à la surface comme

des corps sans vie gorgés d'eau, et ça n'était visiblement pas prêt de s'arrêter.

En prenant plus de temps, Gus aurait pu trouver des excuses à son père. Quant à sa mère, pas la peine d'essayer. La meilleure idée qu'elle avait eue de toute sa vie, c'était de laisser son fils seul. Jusqu'à son dernier souffle, Gus se souviendrait du jour où il l'avait découverte pendue dans la grange après une poutre, juste sous la barge à foin. Il en aurait chialé, tellement il était heureux de la voir tirer sur la corde, avec ses mains qui avaient fait tant de mal, à se tortiller comme une pintade qu'on étouffe. Parce qu'elle n'était pas encore morte quand Gus était entré dans la grange, ce jour-là. Il avait ressenti une sorte de jouissance, un pouvoir tombé du ciel, lui donnant un droit de vie et de mort sur celle qui avait toujours apparemment souhaité la sienne, pour d'obscures raisons. Il lui aurait suffi de pousser une botte de paille, de grimper dessus et de soulever sa mère par les jambes. Il y aurait alors eu suffisamment d'air qui serait entré dans ses poumons, etç'aurait été reparti pour un tour de piste. Mais il n'avait rien tenté. L'idée de toucher ce corps sec le dégoûtait, même à travers les vêtements, la blouse en tergal qui se plaignait à chaque mouvement et les bas déchirés par l'obstination des jambes à se frotter l'une contre l'autre, comme si sa mère s'évertuait à vouloir monter sur les barreaux d'une échelle qu'elle était bien la seule à imaginer.

Gus avait fait glisser une botte de paille tout près de sa mère, et s'était assis dessus pour la regarder gigoter, et, en quelque sorte, jouir du spectacle. Elle ne voyait probablement pas son fils, pourtant il aurait bien voulu que ce soit cette image-là qu'elle emporte dans la mort, avec toute sa mauvaise vie qu'elle ne devait pas manquer de voir défiler dans sa tête. Au bout d'un moment, Gus n'avait plus distingué que le blanc de ses yeux roulant sous ses paupières. Il n'aurait jamais cru que ça puisse durer aussi longtemps de passer de l'autre côté. Au final, il avait pensé que c'était un juste retour des choses, qu'elle souffre autant, qu'elle s'en aille de cette lamentable façon, et que c'étaient sans doute pas les remords qui étaient en train de l'étouffer. À l'instant précis où le corps de sa mère s'était détendu, simplement animé par quelques spasmes désordonnés témoignant des derniers morceaux de vie cherchant une sortie, Gus n'aurait pu jurer qu'elle ait eu l'idée d'en finir toute seule de cette façon.

Ce qui avait tout déclenché s'était déroulé quinze ans plus tôt. Gus avait dix-neuf ans. Il était en train de soigner les cochons, quand il avait entendu un cri d'animal blessé. Il avait d'abord pensé que son père avait coincé sa mère dans un coin pour la violenter. Gus était sorti de la porcherie pour voir d'où provenait la plainte. Il ne mit pas longtemps à localiser qu'elle émanait de la grange. Ses jambes flageolaient de plus en plus au fur et à mesure qu'il progressait vers le bâtiment. Il avait ensuite lentement poussé la porte, et s'était retrouvé à une dizaine de mètres de sa mère, qui miaulait comme une bestiole en rut, immobile, jambes écartées, bras pendant le long du corps. Elle semblait hypnotisée par l'acte qu'elle venait de commettre, un de ceux qu'il est impossible de remettre en question. Le père gisait à terre, la poitrine transpercée par les trois dents d'une fourche. Lui non plus ne bougeait pas. Le sang avait déjà imprégné le foin tout autour de son corps. Son pantalon était baissé au niveau des genoux, et Gus distinguait nettement le sexe dressé et luisant, avec un genre de morve qui dégoulinait dessus. Il s'était alors souvenu de la mise en garde de sa mère, que si le père recommençait à vouloir la forcer, elle lui ferait la peau. Elle avait manifestement tenu parole.

Gus pensa qu'elle allait basculer d'un moment à l'autre, comme aspirée par le cadavre. Elle avait mis du temps à se ressaisir, mais elle n'était pas tombée. Puis, prenant conscience de la présence de son fils elle s'était tournée dans sa direction. Dans un premier temps, Gus avait eu peur qu'elle dégrafe la fourche de la poitrine du père et la lui balance à son tour, mais elle était restée figée sur place. Il avait alors cru apercevoir une ou deux larmes au coin de ses yeux. S'il s'agissait bien de larmes, elle avait fait en sorte de les rapatrier au fond de ses yeux dans un clignement de paupière. Gus regardait tour à tour son père allongé et sa mère debout, sans parvenir à comprendre comment une telle chose était possible. Elle avait alors tenté de dire quelque chose à Gus, ou peut-être était-ce à elle-même qu'elle voulait s'adresser, ce qui est sûr, c'est que rien d'audible n'était sorti de sa bouche grande ouverte. Voyant qu'elle était incapable de réagir, Gus était allé prévenir les secours. Ses jambes ne tremblaient plus du tout au moment de traverser la cour.

Une fois sur place, les secours n'avaient pu que constater le décès, puis contacter la gendarmerie. La mère de Gus aurait eu bien du mal à affirmer que son mari était tombé sur la fourche, et ce n'était pas vraiment une époque où on considérait que forcer sa femme pouvait être assimilé à un viol. De toute façon, elle n'avait même pas essayé de se défendre le jour du meurtre, pas plus que lors du procès. Après de multiples tentatives, son avocat ne put jamais véritablement entrer en communication avec elle. Il était commis d'office, mais il avait fait son travail au mieux, parvenant à faire en sorte que la préméditation ne puisse être retenue. Il était assez fier de lui, le jour où sa cliente accueillit le verdict de vingt ans de réclusion d'un hochement de tête qui avait l'air de signifier que c'était bien comme ça.

Par la suite, la mère de Gus ne posa jamais de problème durant sa détention à la maison d'arrêt d'Alès. Son comportement irréprochable lui valut même une réduction de peine de cinq années, dont elle se fichait visiblement pas mal. Elle fut donc été libérée quinze ans après avoir tué son mari, tellement vieillie et amaigrie qu'on aurait juré qu'elle avait passé le double de temps derrière les barreaux.

L'administration pénitentiaire avait prévenu Gus par courrier de la libération de sa mère. Il se souvenait du jour où elle avait débarqué, descendant d'un taxi avec une valise à la main. Il s'était débrouillé seul pendant les quinze dernières années, et ce sort le satisfaisait pleinement, si bien qu'il avait fini par ne plus envisager lui-même que sa mère pourrait revenir un jour. Sa place n'était plus aux Doges. Alors, lorsqu'il l'avait vue au portail, droite comme un i, il avait véritablement pris conscience de la haine qu'il continuait à nourrir envers elle. Il avait tourné les talons sans rien dire, était rentré dans la maison, attendant qu'elle passe le seuil, un peu curieux du premier mot qu'elle prononcerait. Il saurait se défendre. Il était devenu suffisamment grand. Un homme.

Le soir était tombé et Gus attendait toujours. Il s'était rendu plusieurs fois à la fenêtre pour voir au dehors ce qu'elle faisait, constatant qu'elle n'était plus où l'avait déposée le taxi et pas non plus dans la cour. Gus s'était dit, un court instant, qu'il avait rêvé le retour du monstre, mais il devait déjà avoir une idée de l'endroit où il la trouverait.

En sortant de la maison, il aurait pu se rendre directement à l'étable pour soigner ses bêtes, mais il avait pourtant commencé par pousser la porte de la grange, histoire d'aller chercher quelques bottes de foin, et aussi d'effacer l'ardoise avec la mauvaise apparition dessinée dessus. Dans le futur, jamais il ne prendrait le temps de réfléchir à son absence de réaction en découvrant sa mère suspendue à une poutre, juste au-dessus de l'endroit où elle avait empalé son mari sur une fourche à foin.

Satanés souvenirs. Au moins, ils avaient détourné Gus des magouilles d'Abel pour un temps, mais ce n'était guère mieux, comme une blessure nouvelle à côté d'autres plus vieilles. Pour l'heure, il n'avait pas mieux à se proposer.

5

Gus devait bien reconnaître qu'il n'y avait pas beaucoup de monde qui montait jusqu'aux Doges, à part le facteur et Abel, de temps en temps, et c'était pas seulement à cause de l'éloignement. Qui voudrait avoir envie de causer pour rien avec quelqu'un comme lui ? Les gens sans opinion n'intéressent personne, et Gus avait le sentiment d'être ce genre de personne-là, une colline bien arrondie, plutôt qu'une montagne escarpée.

Il y avait bien eu cet homme, qui s'était pointé un jour avec un grand sourire sous un crâne lisse, dans un costume noir, bien arrangé sur une chemise blanche avec une cravate rose par-dessus qui pendait comme une langue. Gus n'aurait jamais imaginé rencontrer un pingouin de cet acabit, capable, à coup sûr, de chier sans toucher les bords de la cuvette, pensa-t-il. En tout cas, il faisait attention où il posait les pieds pour s'approcher du portail fermé, cet oiseau-là, pour ne pas saloper ses beaux souliers brillants, et il fallait bien avouer qu'il ne se débrouillait pas si mal dans cet exercice. Il est vrai qu'on était en été. Dommage, Gus se serait encore plus marré après les premières pluies d'automne.

Décidément, le type ne collait pas avec le décor. C'était plutôt rare que Gus soit curieux au point de s'intéresser à quelqu'un comme à cet étranger. Il devait être dans un bon jour. Il s'était alors avancé jusqu'au portail, dans son bleu de travail imprégné de l'arôme du fumier qu'il venait de tirer à l'étable, et avait tendu une main au type, sans rien dire. Ça non plus, il ne l'aurait pas fait en temps normal. Le pingouin avait regardé la main tendue de Gus en tentant de masquer son dégoût, se sentant dans l'obligation de la serrer. Le geste commercial avait l'air de lui coûter. Puis, le type s'était mis à parler, comme pour oublier ce qu'il était en train de faire et qui risquait de laisser des saletés dans sa paume visiblement habituée à la crème Nivea.

– Vous êtes bien monsieur Targot… Gustave Targot ?

– On le dirait bien.

– Voilà, je travaille pour le Crédit des Agriculteurs. Je suppose que vous connaissez ?

Gus n'aimait décidément pas ses manières. Chaque fois qu'il parlait, le type prenait sa respiration, comme s'il s'apprêtait à déboucher des toilettes avec une ventouse.

– C'est ce qu'on appelle une banque, pas vrai ? avait fait Gus avec un petit sourire qui en disait long sur le mépris qu'il réservait à ce genre d'établissement.

– Oui, enfin, c'est même un peu plus que ça…

– Un peu plus qu'un endroit où on dépose l'argent qu'on a gagné avec sa sueur, pour que ce genre d'endroit s'en serve comme si c'était le sien ?

– Si notre métier s'arrêtait là, vous auriez le droit de penser ce que vous dites.

– Ce que je pense, c'est que c'est sûrement pas vous qui allez me dire ce que je dois penser.

– Certainement, ce n'était d'ailleurs pas mon intention.

– Encore heureux, je m'en voudrais que vous vous fassiez de fausses idées sur mon compte. C'est pas parce que je vis dans un trou, que je me tiens pas un peu au courant de ce qui se passe ailleurs.

Il était de moins en moins à l'aise, le banquier, et comme ce n'était pas tous les jours que Gus avait de l'amusement à portée de main, il l'avait laissé venir encore plus près, avec ses gros sabots vernis.

– Avez-vous un compte en banque, monsieur Targot ? avait demandé le pingouin, en prenant son air le plus mielleux.

– Je crains qu'il n'y ait pas de coffre assez grand pour y fourrer tout ce que j'possède.

La répartie avait décroché un sourire au type, qui se disait probablement que la voie était libre et qu'il avait gagné la confiance de l'indigène.

– Une banque comme la nôtre, c'est bien plus qu'un endroit où on dépose son argent, surtout pour les agriculteurs.

– Ça tombe plutôt mal, parce que moi, je suis paysan.

– C'est pareil, non ?

– Pareil que quoi ?

– Agriculteur et paysan, c'est le même métier, non ?

– Pas pour moi, mais je suppose que c'est pour ça qu'il y a « Agriculteurs », dans le nom de votre banque… « Crédit », je vois pas bien.

– J'aime bien votre humour.

– C'en était pas.

– J'avais cru.

– Il semblerait que ce soit un peu votre problème, de croire des choses.

– Donc, par exemple, si vous voulez investir dans du matériel agricole, la construction ou la rénovation de bâtiments d'exploitation, nous sommes en mesure de vous octroyer des prêts bonifiés, à taux très intéressants.

Le banquier avait repris son laïus, sans s'occuper de la remarque de Gus.

– Investir, vous avez dit ? demanda Gus.

– C'est en effet ce que j'ai dit.

– Regardez un peu autour de vous ! Vous pensez vraiment que c'est le genre d'endroit où on investit et que je suis le genre d'homme à avoir envie de ça, à mon âge ?

– Bien sûr, sinon je ne serais pas là, à vous parler. Sans compter que l'argent qui dort ne rapporte rien.

– Nous y voilà… Si vous voulez tout savoir, il a plutôt le sommeil léger, l'argent, par ici.

– Et les vols, vous y avez pensé ?

– Franchement, non, et vous sauriez tout ce que je sais, que ça vous chagrinerait pas non plus.

– Si je peux me permettre, il faut voir plus loin. Imaginez qu'un jour vous vouliez vendre votre ferme, vous auriez beaucoup plus de facilité et vous en tireriez un meilleur prix si tout était en parfait état.

– Vous avez quelque chose à redire sur l'état de ma ferme ? C'est l'état qui me convient à moi et, de toute façon, cette ferme, elle mourra avec moi.

– Désolé de vous le dire aussi abruptement, mais vous ne

pourrez pas travailler jusqu'à votre mort. À un moment, il faudra bien que quelqu'un s'occupe des bêtes et de la bonne marche de l'exploitation, si vous ne voulez pas que la SAFER[1] récupère toutes vos terres et les redistribue sans que vous ayez votre mot à dire.

– La SAFER et tout le reste, j'en fais mon affaire, et puis, j'aime pas bien qu'on me dise ce que je dois faire. Vous êtes en train de prendre une sale habitude, tout joli monsieur que vous êtes.

– Je voulais juste vous prévenir, c'est mon métier.

– Moi vivant, personne mettra les pieds ici pour y rester, et estimez-vous heureux que j'aie accepté de causer avec vous.

Gus commençait à être sérieusement agacé par les grands airs du donneur de leçon, qui pourtant continuait son discours.

– D'accord, oublions les prêts, mais votre argent, je vous assure qu'il serait plus en sécurité chez nous.

– Chez vous ?

– Oui, enfin, c'est une façon de parler, dans notre banque, je veux dire.

– Vous avez dit « chez nous », comme si vous le gardiez vous-même, l'argent des autres.

– Ça prouve juste que l'on est très proches des gens…

– Des gens, ou de leur argent, faudrait savoir ?

À ce moment-là, le banquier avait sorti un mouchoir de la poche intérieure de sa veste et s'était épongé le front avec. Il n'avait pas dû penser qu'un cul-terreux perdu dans ses

---

1. Société d'aménagement foncier et d'établissement rural.

Cévennes puisse être aussi coriace. Puis il avait repris, comme s'il n'avait pas entendu ou pas voulu entendre ce que Gus venait de lui dire :

– Alors, que pensez-vous de ma proposition ?

– Laquelle ?

– Celle d'ouvrir un compte chez... au Crédit des Agriculteurs. Ça ne prendrait que cinq minutes.

Gus avait envie de reprendre la main.

– Là tout de suite, j'ai pas ces cinq minutes-là mais, comme vous m'êtes sympathique, vous n'aurez qu'à revenir me voir cet hiver et je vous promets alors d'y avoir réfléchi, ça vous va ?

– Je comprends que vous ayez besoin de temps pour réfléchir, mais vous pouvez aussi me téléphoner, pour me donner votre réponse.

Le banquier avait alors tendu une petite carte à Gus, avec son nom et son numéro de téléphone marqués dessus. Gus ne l'avait pas prise, il avait répondu :

– On fera comme je dis, ou alors vous devrez considérer que cette conversation est définitivement terminée.

– Bien, alors je reviendrai cet hiver, avait fait le pingouin en remettant son bout de papier dans une poche, comme s'il lui brûlait les doigts, quelque chose comme une habitude qu'il ne devait pas avoir.

– C'est ça, à la prochaine.

– Pourrais-je vous demander une dernière chose ?

– Allez-y toujours.

– Ce serait bien aimable à vous de m'ouvrir votre portail, pour que je fasse demi-tour plus facilement avec ma voiture ?

– C'est pas que je veux pas, mais voyez comme il est tout branlant ce portail, il menace de s'écrouler chaque fois que je le touche, alors, quand je peux éviter de le faire… Je crains que vous deviez faire une marche arrière jusqu'au prochain chemin, et de là, vous pourrez gentiment vous remettre dans le bon sens. Je suis sûr que ça n'a rien de bien compliqué pour quelqu'un comme vous.

Le banquier n'avait pas répondu. Il était monté dans sa bagnole et Gus n'avait pas attendu de ne plus le voir pour lui tourner le dos.

Le pingouin n'était pas revenu l'hiver suivant, ni aucun autre d'ailleurs.

Gus était en train de faire frire une belle truite fario sortie du congélateur. On pouvait encore en attraper quand on savait où chercher, rien à voir avec les truites arc-en-ciel, lâchées par la société de pêche, gavées d'aliments en sac, qui se jetaient sur le premier leurre qui se présentait, ou finissaient par crever d'une maladie dont l'élevage en bassin les préservait avant de se retrouver dans une vraie rivière. Et Gus connaissait justement quelques-uns de ces endroits, où se cachaient des truites sauvages, capables de gicler de sous une souche comme la foudre, puis de fondre sur une proie et de la broyer avec leurs mâchoires de prédateur montées sur des vérins cartilagineux recouverts de mucus. Il avait appris à pêcher tout seul, à évaluer les signes qu'envoyait la nature et, si jamais vous le croisiez rentrant bredouille, c'était même pas la peine d'envisager de faire mieux.

Il était huit heures du soir bien sonné, quand Gus entendit

un bruit de moteur, puis une voiture se garer devant le portail. La télé bredouillait au-dessus du frigo. Gus savait l'heure qu'il était, parce qu'il venait d'entendre la musique annonçant le journal télévisé. Il s'avança face à la fenêtre donnant sur la cour pour vérifier qui se pointait, même s'il n'avait pas grand doute concernant l'identité du nouvel arrivant. Le bruit de tôle caractéristique que faisait la portière de la fourgonnette d'Abel quand il la fermait, comme si la carrosserie tout entière allait dégringoler par terre. Gus regarda alors machinalement son fusil pendu à une poutre. Il n'était pas chargé.

Abel entra sans frapper. Il portait sa grosse veste de chasse. Gus remarqua immédiatement qu'elle bâillait d'un côté, et qu'il devait y avoir quelque chose d'anormalement lourd dans une des poches.

– Qu'est-ce que tu fais là ? demanda Gus pour se redonner un peu de la contenance qu'il avait perdue en voyant surgir Abel.

– Ben, comme tu peux le constater, je te rends une petite visite. Ça s'fait entre voisins, pas vrai… mais j'te dérange peut-être ?

– Pas du tout, je me préparais à manger.

– T'aurais pas un verre en trop, j'ai l'gosier tout sec ?

– Bien sûr que si.

Gus attrapa un verre sur l'évier, en faisant attention à ne pas tourner le dos à Abel, puis versa du vin qu'il venait de tirer pour faire chabrol.

– Merci, Gus. T'as l'air rudement surpris de me voir !

– Un peu, c'est pas souvent que tu rappliques à l'improviste.

– Tu vois, les choses changent. Ça te fait plaisir au moins ?

– Evidemment que ça me fait plaisir…

– Alors, tu l'as tronçonné ce bois ?

– Ouais, mais j'ai pas terminé. Tu veux récupérer ta tronçonneuse ?

– Non, j'te dirai si j'en ai besoin.

– T'es pas venu pour ça, alors ?

Gus était de plus en plus nerveux. Pour contrer les tremblements de sa main, il retournait fréquemment la truite dans la poêle, à l'aide de son couteau. La peau, imprégnée d'huile, grésillait et se recroquevillait sous l'effet de la chaleur.

– Tu vas finir par la faire cramer, cette belle truite, si tu continues.

– C'est comme ça que je l'aime, mais t'as pas répondu à ma question.

– Je t'ai déjà dit que c'était pour ainsi dire une visite tout c'qu'il y a d'amical.

– Si tu le dis.

– Tu veux que je te laisse manger tranquillement ?

– Je suis pas pressé.

– Tant mieux, tant mieux… Moi non plus, je suis pas pressé.

Abel s'assit sur une des chaises disposées autour de la table de la cuisine, avec son verre posé devant lui, qu'il fixait comme s'il s'agissait d'une relique. Gus ne savait pas quelle attitude adopter, s'il devait s'asseoir à son tour, maintenant que la truite était cuite. Il posa la poêle brûlante sur le rebord de l'évier, avec des gouttelettes d'huile qui explosaient en l'air, telles des fusées de feux d'artifice. Puis il s'assit juste en face d'Abel, sans être en mesure de décrocher un mot. Ce dernier s'enfila une longue rasade de vin rouge en la gardant un long moment en bouche, comme si c'était le plus fameux des vins bouchés, puis il fit tourner le verre vide dans sa main, pendant que Gus gambergeait. Abel semblait visiblement s'amuser de la situation.

– Fameux. Dis moi, t'as pas eu de visite ces derniers temps ? demanda Abel.

– À part toi, personne, répondit un Gus surpris par la question qui tombait comme un cheveu sur la soupe.

– Des chapardeurs, ce genre d'engeance, j'veux dire ?

– Pas qu'je sache.

– Tu devrais faire attention, alors.

– Pourquoi ça ?

– Parce que moi, j'en ai eu, de la visite.

– Ah bon !

– Pas plus tard que ce matin, en faisant le tour de ma grange, j'ai remarqué de drôles de traces. C'est pratique la neige, pour ça. C'était des traces de pas et de pattes de chien, pour tout dire. Quelqu'un qui serait entré dans ma grange avec son clébard, puis ressorti.

– Comme tu dis, c'est plutôt bizarre.

– Tu trouves aussi. En plus, y a rien à voler dans cette grange.

– Peut-être quelqu'un qui aura voulu se rentrer au chaud un moment.

– T'en connais beaucoup de ce genre de « quelqu'un » par ici ?

– Non, c'est sûr, mais il doit bien y avoir une explication que j'ai malheureusement pas.

– La seule qui me vient, c'est qu'un type voulait regarder ce qui se passait devant chez moi en restant bien planqué dans la barge à foin, voilà ce que je crois.

– Pourquoi on ferait ça ?

– On ? fit Abel en relevant les sourcils, comme s'il venait de vérifier une chose qu'il avait toujours soupçonnée.

– Le… type, j'veux dire.

– Pas la moindre idée, et toi ?

– Comment tu veux que je sache.

– C'est ma foi vrai, voilà une question bête que j'te pose. Faudra que je prenne le temps de réfléchir si y a quelqu'un qui en a après moi, au point de m'espionner.

Abel dirigea son regard vers l'entrée, là où se trouvaient les croquenots de Gus, tout en disant :

– Le type, il portait ce genre de godasses à crampons.

– Comme beaucoup de monde en cette saison, je suppose, répondit Gus, mal à l'aise.

– Évidemment, comme beaucoup de monde. En tout cas, moi aussi je vais sérieusement me tenir sur mes gardes à partir de maintenant, et si quelqu'un se pointe à nouveau, je serais prêt à le recevoir avec les honneurs, tu peux me croire.

Abel glissa une main dans sa poche de veste qui pendait du côté droit, puis en sortit un pistolet. Un de ceux qu'on voit parfois dans les films de guerre, avec un barillet pour y enfourner des balles de 9 mm, qu'il précisa, puis, comme si ça ne suffisait pas à la démonstration, il ajouta.

– Je vais peut-être même poser quelques pièges à loup, au cas où il prendrait de nouveau l'idée à mon visiteur de revenir. Tu feras attention à pas vous prendre dedans, toi et ton chien.

– Je ferai attention.

– Alors c'est bien. Je voulais juste te prévenir.

– Merci de l'attention.

Je dis pas qu'il faut plus que tu viennes chez moi, mais j'm'en voudrais que ton chien reparte sur trois pattes… ou que tu prennes une balle dans la peau.

– Et le tien, de chien, t'as pas peur qu'il se prenne dans un de tes pièges ?

– Ça risque pas.

– Il est plus malin que le mien, c'est c'que tu penses ?

– Non, un chien en vaut un autre, mais le Rex, il risque plus rien, vu qu'il est mort et enterré.

– Je savais pas. Ça fait longtemps ?

– Exactement deux jours.

– Il avait pas l'air bien vieux, pourtant.

– Il l'était pas.

– Qu'est-ce qu'il lui est arrivé ?

– Un accident malheureux.

– C'est des choses qui arrivent, mais faut reconnaître que ça fait toujours de la peine, dit Gus en pensant à Mars.

– Sûr… en plus, c'est rien que de ma faute, ce coup du sort.

– Ah… ta faute !

– Y avait ce renard qui visitait mon poulailler. Je le guettais depuis plusieurs jours et avant-hier que j'étais posté dans l'étable, du côté qui donne sur l'entrée de la volière, j'avais entrebâillé la porte du haut pour être bien sûr de pas manquer le goupil au cas où il rappliquerait. C'était le jour où y avait tant de brouillard, tu te souviens ?

– Oui, je me souviens bien de ce jour-là, dit Gus, désormais concentré sur chaque mot sortant de la bouche d'Abel.

– Bon, J'ai pris mon mal en patience et à un moment, j'ai vu passer une forme qui s'est arrêtée devant le portail du poulailler. Je la devinais à peine, parce qu'en plus du brouillard, j'y vois plus très clair. J'ai quand même pointé le canon tout doucement en direction du renard en me disant que, même si je le loupais, il risquait plus que moi et que sentir le plomb lui siffler au-dessus des oreilles ça lui couperait sûrement l'envie de revenir d'un moment.

Abel fit une pause et releva ses deux mains devant lui, imitant la forme d'un fusil.

– J'ai tiré. J'étais sûr de l'avoir touché, parce qu'il a accusé le coup, mais visiblement pas assez pour l'étendre raide. Quand je me suis approché, y avait une grosse traînée de sang sur la neige mais pas de cadavre. Comme je te l'ai déjà dit, c'est rudement pratique pour suivre des traces, la neige, et là c'était un véritable boulevard.

Gus saisit l'allusion et Abel poursuivit son récit comme si de rien n'était, avec des gestes visiblement censés donner encore plus de poids.

– J'ai remis une cartouche dans le canon de droite, celui qui est choqué, et j'ai suivi la piste qui contournait l'étable en passant par le jardin. Je me suis retrouvé derrière la grange. C'est là que je l'ai découvert, allongé de tout son long en train de crever les tripes à l'air. Sauf que c'était pas le renard, mais bel et bien mon chien qui bavait du sang en plus de s'vider par le bide. J'ai regardé la blessure de près et j'ai pas mis longtemps à voir que c'était foutu pour lui, que le véto n'arriverait pas à temps pour le sauver, que la seule chose à faire, c'était de plus le laisser souffrir inutilement, même si ça me fendait le cœur. Alors, j'ai pointé mon fusil sur sa tête et je l'ai achevé de deux cartouches.

Gus repensa alors à tout ce qu'il s'était mis dans la tête, à la tache de sang dans la neige, à la pelle qui avait dû servir à enterrer le chien et, du même coup, c'était comme s'il se libérait d'un poids. Il s'en voulait d'avoir imaginé qu'Abel fût capable de tirer sur autre chose qu'un animal. Désormais, Gus n'avait plus envie qu'il parte. Il lui demanda s'il voulait un autre verre de vin, mais Abel répondit qu'il devait rentrer chez lui pour finir son travail.

– Je suppose que tu vas prendre un autre chien ? demanda Gus pour faire durer la conversation.

– Faudra bien, c'est important d'avoir un chien dans une ferme, pas vrai ? dit Abel en désignant Mars qui roupillait contre la cuisinière à bois.

– C'est de la bonne compagnie.

– T'as raison, c'est aussi indispensable que tout le reste. Allez, j'me sauve, maintenant, dit Abel en se levant

– Merci de ta visite.

– Tu dis ça maintenant, pourtant, t'avais pas l'air ravi quand je suis arrivé tout à l'heure.

– Sûrement la surprise, c'est pas si souvent que j'en ai, des surprises.

– M'est avis qu'il faut se méfier des surprises, comme des choses qu'on croit et qui sont pas vraiment.

– Pourquoi tu dis ça ?

– Pour plus qu'y ait de méprise entre nous, j'imagine.

– Je suppose que c'est des choses qu'on peut faire entre nous.

– Sûr, et sans qu'y ait forcément de raison.

– Ouais, c'est vrai qu'on peut dire simplement les choses qui nous viennent.

– Allez, salut Gus, et fais attention à toi.

– Pas plus que d'habitude…

– Fais pas gaffe, je dois avoir un coup de mou ces temps-ci… et puis je t'aime bien, tu sais, ça me ferait vraiment de la peine s'il venait à t'arriver malheur.

La façon dont il venait de prononcer ces mots ne semblait pas faire de doute sur la sincérité d'Abel. Gus sentit un frisson lui parcourir tout le corps, puis il dit :

– Pourquoi tu voudrais qu'il m'arrive quelque chose ?

– Moi j'le voudrais sûrement pas, mais on sait jamais ce qui peut se passer dans cette foutue vie qui nous est proposée.

Gus se leva pour raccompagner Abel et demeura sur le pas de la porte à regarder son voisin monter dans sa voiture. Abel baissa alors sa vitre avant de démarrer et dit :

– T'es au courant pour l'abbé Pierre ?

– On parle que de ça aux informations en ce moment, comment je pourrais passer à côté ?

– À cause de la neige, je suppose.

– Elle n'a pas suffi.

– C'est injuste, tu trouves pas ?

– Il était vieux, quand même, fit remarquer Gus.

– C'est pas une raison pour que les meilleurs s'en aillent.

– Meilleur ou pas, c'est pas ce qui fait la différence quand il s'agit de passer de l'autre côté.

– Tous autant qu'on est, on est bien placés pour le savoir, pas vrai ?

Là-dessus, Abel tourna la clef de contact, pour ne pas avoir à entendre la réponse que Gus aurait pu lui faire. Il fit marche arrière et la nuit se mit à siphonner lentement la voiture et Abel qui se trouvait à l'intérieur.

6

Le mercure était toujours coincé en dessous du zéro, mais il faisait beau ce matin-là. Encore plus beau dans le cœur de Gus, parce qu'il s'était débarrassé de ses pensées coupables envers Abel.

Il alluma la radio pour voir si les nouvelles seraient différentes sans les images. Et d'une certaine façon, c'est ce qu'il se passa. Un journaliste parlait de candidats à une future élection présidentielle. Gus ne put s'empêcher de mettre un visage sur deux ou trois d'entre eux qu'il voyait souvent à la télé et dont les voix lui étaient devenues familières. Le type de la radio en avait des choses à dire sur le sujet, il parlait des institutions et de la démocratie, des mots qui ne faisaient ni chaud ni froid à Gus, tellement ils n'avaient pas lieu d'être dans le coin. L'abbé n'eut pas vraiment droit au chapitre, juste un petit rappel entre deux passes d'armes.

Le maire du Pont-de-Montvert représentait une institution pour Gus. Il était également le patron de la scierie qui se trouvait à la sortie sud du village. Une belle affaire qu'il avait montée de ses mains et aussi un peu avec sa cervelle, et qui portait son nom : aujourd'hui il n'était plus vraiment le patron, il avait refilé les rênes à son fils. Ce n'était d'ailleurs pas ce qu'il avait fait de mieux, à en juger par ce que Gus entendait parfois au bistrot, vu que les commentaires avaient l'air de se caler sur l'idée qu'il ne resterait bientôt rien que de la sciure de tout ce que le père avait bâti, comme souvent.

Le maire s'appelait Tony Ballac. Ses parents étaient arrivés de Pologne à pied, après la Deuxième Guerre mondiale, avec le petit Tony sous le bras. À cette époque il n'y avait pas beaucoup de démocratie, là-bas, dans leur pays. L'espérance qu'ils avaient en venant en France, c'était que justement ils avaient entendu dire qu'il y en avait de la démocratie, ici, après que le petit moustachu eut essayé de la retirer. Des choses importantes, que Gus avait apprises durant le peu de temps qu'il était allé à l'école, de l'histoire encore fraîche, qu'on n'avait pas fini de remuer dans tous les sens.

Ballac s'était rendu plusieurs fois aux Doges, soi-disant pour s'assurer que tout allait bien chez Gus, juste avant les élections. Sûrement un concours de circonstances.

À sa dernière visite, le maire avait fait un sacré beau discours, plein de belles convictions, sur les devoirs du citoyen, et aussi sur les ancêtres, morts pour qu'on ait la liberté de s'exprimer. Gus n'aimait pas parler, mais il lui avait quand même répondu que son droit à lui, c'était de pas avoir de devoirs. Là-dessus, le maire avait ajouté que lui et ses conseillers faisaient le maximum pour… l'état des routes et des chemins, que c'était la démocratie qui permettait ça. Ballac n'était jamais à court d'arguments et c'était probablement le premier truc qui lui était venu dans la tête, l'état des routes. Sur le coup, Gus n'avait pas répondu.

Il avait simplement levé les yeux vers le chemin communal tout défoncé, qui se mourait jusqu'à son portail. Le maire avait certainement compris sa bourde à ce moment-là. C'était visiblement pas la chose à dire pour faire changer d'avis le citoyen Gus, parce que les institutions, elles, n'étaient pas près d'arriver jusqu'ici et le Ballac, tout notable qu'il était, il n'était pas non plus prêt à rentrer chez Gus. Pourtant pas un mauvais bougre, le maire, mais la politique, Gus avait toujours pensé que ça n'avait pas vraiment de sens ici ; ailleurs, il n'en savait rien, c'était bien trop loin pour lui.

Depuis ce jour, Ballac avait dû comprendre qu'il ne parviendrait jamais à faire déplacer Gus jusqu'à la mairie juste pour déposer un bulletin dans une urne. Le pasteur et son temple représentaient l'autre institution du village. On était en terre protestante et en pays de huguenots, qui avaient combattu contre les catholiques pour leur liberté et en avait payé le prix. C'était Louis XIV qui avait commencé à faire la chasse aux camisards, et ses sbires avaient obéi au doigt et à l'œil, massacrant à tour de bras sur leur passage, sans faire de distinction entre les hommes, les femmes et les enfants. Après tout, c'était certainement une des raisons expliquant la méfiance des gens du cru, cette souffrance atavique, comme un caractère génétique supplémentaire dans l'ADN cévenol. L'église du village, quant à elle, tombait en ruine et il n'y avait pas grand monde pour s'en inquiéter.

Gus tourna le bouton du poste radio et enferma les institutions et la démocratie dedans. Il était temps d'aller finir de réparer la clôture qu'il avait laissée en chantier deux jours plus tôt.

À cinq heures du soir, Gus finissait d'enfoncer les piquets et de fixer quatre rangs de fil de fer barbelé bien serrés, avec des cavaliers, pendant que Mars se promenait alentour. Plusieurs fois au cours de la journée, il avait eu une étrange sensation, comme si on l'épiait. Autant de fois, il s'était dégrafé de son ouvrage pour reluquer les environs et voir s'il n'y avait pas effectivement quelqu'un dans le coin, s'arrêtant brusquement de donner des coups de masse sur les piquets, ou des coups de marteau sur les cavaliers, le nez en l'air au milieu de ce grand calme tout blanc, avec le soleil qui faisait briller la neige, comme si elle était recouverte d'épingles. Ça aurait été un sacré beau spectacle, s'il n'y avait pas eu ce silence et cette gêne impalpable posée sur ses épaules. Et pas vraiment d'explication en vue.

Il était en train de ranger son matériel quand il entendit Mars aboyer, sans pouvoir distinguer où se trouvait exactement l'animal, quelque part du côté de la forêt des Doges. Gus se dit que son chien devait pister un chevreuil ou un lièvre. Puis les aboiements se transformèrent rapidement en grognements, comme quand il trouvait un hérisson et qu'il ne savait pas comment s'y prendre pour le choper dans sa gueule sans se piquer les babines. Sauf qu'en cette saison, ça ne pouvait pas être un hérisson et que la bestiole que Mars avait probablement dénichée semblait avoir pris le dessus, étant donné qu'on aurait dit qu'il venait de toucher une clôture électrique. Gus se précipita en direction des jappements en tenant son marteau en main. Après quelques dizaines de mètres, il vit Mars sortir ventre à terre du bois des Doges. Le chien aurait eu le diable à ses trousses qu'il n'aurait pas couru plus vite ; il se jeta sur son maître en tendant sa langue pour lécher une peau amicale. Gus s'accroupit et le caressa longuement pour le calmer. C'est en retirant sa main qu'il remarqua qu'elle était toute rouge. Mars saignait au niveau de l'encolure. Rien de grave, apparemment, mais c'était suffisant pour lui déchirer la peau et lui occasionner une sacrée frousse. Gus pensa à un blaireau, un genre d'animal assez costaud pour mettre un chien en déroute. Il demanda à Mars avec qui il s'était battu, comme si le chien était en mesure de lui répondre. Il en aurait pourtant bien eu, des choses à dire, des choses qui toujours semblaient le terrifier.

Quand Mars fut enfin calmé, la curiosité poussa Gus à faire un tour pour jeter un coup d'œil sous le couvert dépenaillé de la forêt. Il trouva bien vite l'endroit où Mars s'était bagarré. Il reconnut les traces de pattes de son chien. Mais ce qui était mélangé avec, ce n'étaient pas d'autres traces d'animal, mais bel et bien des marques de pas brouillées par la lutte, suffisamment distinctes pour refouler toute méprise. Quelqu'un avait visiblement bataillé avec Mars. Gus se souvint de l'impression qu'il avait eue en réparant la clôture. Il n'avait donc pas rêvé, on l'avait observé en douce. En fouillant le coin plus à fond, Gus découvrit un porte-clefs métallique dans la neige, orné d'un V et d'un W imbriqués, avec une drôle de clef au bout, pas faite pour ouvrir le genre de porte qu'il avait l'habitude d'ouvrir. Il ramassa le tout et le fourra dans sa poche.

Il demeura longtemps planté au beau milieu de la forêt, essayant de comprendre ce qui avait pu se passer. Probable que Mars avait surpris un type. Le plus étonnant, c'était qu'il ait attaqué, lui qui n'était pas agressif pour un sou, à réclamer les caresses plutôt qu'à montrer les crocs quand on ne lui voulait pas de mal. La neige était presque entièrement décapée à l'endroit où il s'était battu avec son adversaire. Gus suivit les traces emmêlées. Elles le menèrent jusqu'à un bouquet de gourmands de châtaigniers dépassant d'une souche, derrière lequel le type s'était apparemment embusqué, avant que Mars ne le découvre. L'intrus pouvait ainsi embrasser le pré en contrebas, et espionner tranquillement tout ce qui se passait, sans risque d'être repéré. C'est à ce moment-là que Gus remarqua quelque chose de bizarre en s'agenouillant au-dessus des traces, à la manière d'un pisteur. Quelque chose qui lui fit d'abord froid dans le dos. Les traces étaient vraiment petites, et bien nettes celles-là. Ce qui finit par lui glacer le sang, c'était qu'il ne faisait aucun doute que celui ou celle qui s'était carapaté dans la neige ne portait pas de chaussures.

Il se passait décidément de drôles de choses ces derniers temps dans ce foutu pays, et Gus devait bien reconnaître que ça le perturbait grandement. Qu'est-ce qu'un type pouvait faire à se balader pieds nus dans la neige ? Même avec ses croquenots et une grosse paire de chaussettes en laine épaisse, Gus n'avait pas chaud ; alors il voyait difficilement comment il était possible qu'une personne normalement constituée puisse crapahuter, sans rien pour parer du froid. Il fallait qu'il en ait le cœur net.

Mars attendait, assis sur le siège du tracteur. Voyant son maître qui rappliquait, il sauta et courut à sa rencontre en aboyant. Gus remballa tout son fourbi dans la benne, puis se mit rapidement en route. Le soleil était moins vivace et commençait à disparaître derrière une épaisse couche de nuages. Après avoir rejoint sa ferme, Gus gara le tracteur dans la grange sans prendre le temps de décharger son matériel. Arrivé devant la maison, il frappa ses semelles contre une marche de l'escalier pour faire tomber la neige fondue coincée dans les crampons et entra. Il n'y avait pas de temps à perdre. Il décrocha son fusil et attrapa une boîte de cartouches dans un des tiroirs du bahut de la cuisine. Quand il sortit, ce qu'il craignait était arrivé, la neige tombait de nouveau et le jour s'en irait dans une heure à peine.

Gus appela Mars, mais le chien était rentré se réfugier dans la grange et n'était pas décidé à le suivre. Il rejoignit seul la forêt des Doges au plus vite et se mit à suivre les traces s'enfonçant dans les bois. Elles étaient d'abord espacées, vu que le type devait courir à ce moment-là, puis se resserraient quand il s'était remis à marcher normalement. La nuit tombait et la neige commençait à recouvrir les traces. Gus avait de plus en plus de mal à les suivre. Il parvint néanmoins à faire quelques centaines de mètres, malgré la fatigue et ses croquenots qui s'enfonçaient d'abord dans la neige, ensuite dans l'épaisse couche de feuilles sèches en dessous. Il était prêt à rebrousser chemin, pensant que tout ça ne le mènerait à rien, jusqu'à ce que les traces bifurquent sur la droite, histoire de sortir de la forêt. Gus suivit alors la piste jusqu'à la lisière, puis dans le champ du Pra. N'y voyant plus rien, il dut abandonner au bout de quelques minutes, estimant la direction qu'avait prise le type. La ferme d'Abel se trouvait exactement dans cette direction-là. Gus se dit qu'il irait lui demander le lendemain s'il avait vu quelqu'un rôder dans les parages. Pour l'heure, il n'avait plus qu'une hâte, c'était rentrer se réchauffer et se reposer un peu avant de s'occuper des bêtes.

Le trajet du retour fut particulièrement pénible, bien plus que l'aller. En plus de la fatigue, Gus avait la gorge qui commençait à le piquer sérieusement. Mars l'attendait au portail en remuant la queue, avec l'inquiétude qui caractérise un regard de chien, même content, comme l'expression d'une infinie tristesse. Il fit fête comme s'il n'avait pas vu son maître depuis plusieurs jours. Gus entra à l'intérieur de la maison pour allumer un bon feu, avec dans l'idée que la flambée ait fait son œuvre lorsqu'il aurait terminé son travail à l'étable.

Toute la soirée, Gus eut beau retourner les événements dans tous les sens, il ne comprenait pas ce qu'un type pouvait bien trafiquer pieds nus dans la campagne recouverte de neige. Ce n'était peut-être pas un type, après tout, vu la taille des traces, et sans qu'il puisse se l'expliquer, ça le dérangeait encore plus, cette hypothèse d'avoir affaire à autre chose qu'un type.

Il n'avait pas vraiment faim, mais il fallait bien récupérer de toute l'énergie dépensée durant la journée, alors il mangea du pâté étalé sur du pain, fuma un demi-paquet de Gitanes, but le contenu d'une cafetière de café bien fort et s'endormit tard en repensant aux événements de la journée.

Il se réveilla avec.

Il s'était remis à neiger durant la nuit et Gus avait attrapé une sacrée crève.

7

Gus ne sortit pas de la journée, tellement il se sentait mal, à tousser et cracher des glaires comme un tubard. Tout ce qu'il s'était dit qu'il ferait la veille, il ne le fit pas. Il tenta de se réchauffer en buvant des grogs avec de l'eau-de-vie de prune qu'il gardait précieusement au fond de sa cave, de la fameuse qu'il faisait distiller dans le temps par les frères Mickey. À l'époque on leur apportait les prunes quand on avait des droits et, pour se payer en retour, les bouilleurs de cru gardaient la moitié de ce qui sortait de leur alambic pour le revendre plus tard. C'est comme ça que ça se passait en ce temps-là. Désormais, Gus avait toujours ses droits, mais les jumeaux Mickey étaient morts et enterrés, et plus personne n'avait repris le flambeau. Alors, Gus essayait de l'économiser, sa prune, et aussi le peu d'eau-de-vie de poire qui lui restait, mais il n'y arrivait pas vraiment, surtout quand il sentait ses bronches racler sur ses côtes.

On s'apprêtait à enterrer l'abbé.

Ils commencèrent à en parler dès midi. Gus avait les yeux vissés sur l'écran de la télé. Quand les gens pénétrèrent dans l'église, il comprit que c'étaient seulement les importants qui avaient une place, étant donné que tout le monde ne pouvait pas entrer. Et plus ils étaient importants, plus ils étaient sur les bancs de devant, pour qu'on les reconnaisse bien à la télé ou dans les journaux. Gus se demanda si l'abbé aurait apprécié la situation, même s'il envisageait la réponse qu'aurait pu faire le saint homme. Il devait à coup sûr pester depuis là-haut, l'abbé, à voir toutes ces enluminures qui lui allaient comme un collier de perles à un chien. Il faut bien reconnaître qu'il y a des vies qui ne sont pas banales, pour que tout le monde soit d'accord sur les qualités d'un homme. Gus avait beau écouter, personne ne lui trouvait un seul défaut à l'abbé. Après tout, ce n'était pas le moment pour ça. Les morts, on a l'habitude de leur pardonner bien des choses, même des choses qu'on ne devrait pas.

Quand les caméras filmèrent l'intérieur de l'église où on avait amené le cercueil pour le déposer dans le chœur, Gus compta plusieurs curés. Il trouva que ça avait de l'allure, autant de curés vivants pour un seul abbé mort, surtout quand la musique se mit à retentir et que des voix se mélangèrent dans un grand mouvement liturgique au cours duquel les hommes du culte se partagèrent l'office, marmonnant ou clamant des paroles inchangées depuis des millénaires et qui avaient pourtant l'air de convaincre tout le monde. Gus reconnut les chants, parce qu'il les avait appris gamin. Il essaya de les reprendre en rythme, mais cette satanée toux le rappela vite à l'ordre.

Le journaliste qui commentait l'enterrement à la télé savait apparemment tout de la vie de l'abbé, et ce n'était pas rien. Gus se disait qu'une vie comme la sienne ne se fabriquait pas au milieu des vaches et des cochons, et devait nécessiter l'envie ou le besoin de vouloir du bien aux autres sans qu'il soit question de vous le rendre pour autant. Gus était d'avis qu'il n'y avait guère que la foi qui pouvait amener un homme à se conduire de la sorte, ou bien la peur.

Quand la cérémonie fut terminée, il ne restait plus beaucoup de prune dans la bouteille et les bronches de Gus n'avaient pas l'air de s'en plaindre. Le dernier miracle de l'abbé. Pas le moindre.

Mars avait hâte de se dégourdir les pattes, quant à son maître, malgré les grogs, il traînait plus les pieds qu'il ne les levait, et sa maudite toux persistante lui demandait une grande énergie pour respirer. En fin de journée, Gus eut tout de même le courage de se rendre à l'étable et de lâcher ses veaux les uns après les autres, les laissant se débrouiller pour trouver le pis de leur mère. Ils firent les fous un moment, mais Gus n'avait pas la force de les empêcher de batifoler, même pas de leur crier dessus.

Quand les veaux eurent terminé de se gorger de lait à grand renfort de succions bruyantes, Gus les rattacha. La chose était facile, une fois qu'ils étaient rassasiés. Après avoir éteint la lumière dans l'étable, il regagna la cuisine par le couloir intérieur, avec Mars dans son sillage, aussi leste qu'un courant d'air. Dehors, il faisait nuit. Au moment où Gus s'asseyait sur une chaise pour retirer ses croquenots, il sursauta en entendant qu'on frappait à la porte. Il n'avait pas entendu de voiture arriver, sûrement à cause de la télé qui fonctionnait toujours, se dit-il. Il se leva, s'approcha discrètement de la fenêtre sur la cour et aperçut une ombre immobile sur la plus haute marche, pareille à un soldat de plomb posé sur son socle. Gus ouvrit la porte et fut vite rassuré en voyant que Mars était tout mielleux. L'homme se tenait sur le seuil, bien habillé, mais pas assez chaudement pour supporter longtemps le mauvais temps.

– Qu'est-ce que vous faites là ? dit Gus sur un ton qui n'avait rien d'amical.

– Je ne vais pas vous déranger longtemps. Auriez-vous une minute à m'accorder ?

On voyait tout de suite que le type avait l'habitude de dire ce genre de choses, tellement les mots semblaient couler naturellement hors de sa bouche. Ce qui chiffonnait Gus, c'était la façon dont il parlait tout en souriant. Il lui était impossible de faire confiance à quelqu'un ayant cette faculté-là.

– Ça dépend, vous voulez quoi ? demanda Gus curieux de savoir ce que le type faisait dans le coin par ce temps.

– Je suis évangéliste.

– Chacun fait c'qui veut, en quoi ça me concerne ?

– Je peux entrer ? dit-il tout tremblant, vu qu'il faisait sacrément froid dehors et qu'il avait dû faire un bout de chemin à pied, à en croire ses godasses trempées.

– Non, vous pouvez pas, répondit Gus avec une voix qui claquait, comme quand il voulait rappeler Mars à l'ordre ou mettre au pas n'importe quel animal récalcitrant.

– D'accord, comme vous voudrez. Peut-être que quelqu'un est déjà passé vous rendre visite ?

– Quelqu'un comme vous, vous voulez dire ?

– Oui, c'est ça, un homme ou une femme qui serait venu pour vous parler de l'évangélisme.

– Et vous le sauriez pas ?

– Pas forcément, notre communauté est vaste.

– Vous m'en bouchez un coin, là. Pourtant y doit pas s'en perdre bien souvent par ici, des gens dans votre genre. Je vous assure qu'y a personne qui est venu et je doute que Mars ou moi on ait pu le louper.

– Si vous le dites.

– Je le dis, et y a pas à revenir là-dessus.

– Je ne mets pas votre parole en doute...

– Encore heureux.

– Vous savez ce qu'est l'évangélisme ?

– Je me doute que ça à voir avec les Évangiles, dit Gus d'un ton ironique.

– C'est exactement cela, nous pensons qu'il faut se référer étroitement aux...

– Je vous arrête tout de suite. Vous m'avez l'air bien sympathique, mais j'ai pas de temps à perdre et vous non plus je suppose. Mes bêtes attendent qu'on s'occupe d'elles et c'est plus important que vos évangileries.

– Je pourrais repasser à un moment où vous seriez plus libre de m'écouter... ou attendre que vous ayez terminé ?

– J'ai jamais plus de temps que maintenant, alors vous pouvez vous en retourner d'où vous venez.

– Nous sommes tous des enfants de Dieu, fit le type, tout en reluquant l'intérieur de la cuisine, comme pour faire durer un peu plus la conversation.

– Y a un paquet de ses enfants qu'il a pas dû reconnaître, si j'en juge par tous les miséreux qui se traînent sur cette terre, ne put s'empêcher d'ajouter Gus.

– Il ne les aime pas moins pour autant, vous savez.

– Je suis pas vraiment sûr que ce soit réciproque.

– Est-ce que vous croyez en Dieu, monsieur ?

– J'ai jamais eu qu'un nom de toute ma vie, c'est Gus et j'ai pas l'habitude qu'on me donne du « monsieur ».

– Est-ce que vous croyez en Dieu, Gus ?

Décidément, le suceur de bible n'avait pas l'intention de lâcher le morceau.

– Si j'y ai cru un jour, je crois pas que ce soit le même que le vôtre, et de toute façon, ça vous regarde pas.

– Il n'y a qu'un seul Dieu.

– Alors, pourquoi on se bat partout dans le monde pour savoir chez qui se trouve le vrai ?

– Ce que je crois, c'est qu'il est dans le cœur de chaque homme.

– Vous êtes en train de me dire qu'y a plein de gens qui se trompent, mais pas vous.

– Je suppose que chacun croit détenir la vérité et veut la faire admettre aux autres, d'une façon ou d'une autre.

– C'est bien le problème. Vous savez ce que je pense, moi, c'est que votre Dieu à vous, il montre le bout de son nez quand tout va bien, jamais quand ça va mal, et je vais même vous faire une confidence, et ça sera la seule. Je suis allé le voir quelques fois au temple, vu qu'il paraît que c'est là-bas qu'on a le plus de chances de se faire entendre de lui. On a des affaires en souffrance lui et moi… Eh bien, vous me croirez ou pas, mais il m'a jamais donné la moindre réponse, alors j'ai abandonné parce que, pour ça non plus, j'ai pas de temps à perdre.

– C'est bien, je veux dire d'aller au temple… ou à l'église.

– Ça fait un sacré bail que ça m'est plus arrivé et c'est pas à vous de me dire ce qui est bien ou pas.

– Désolé, je ne voulais pas…

– C'est pourtant bien ce que vous avez dit. Maintenant, il faut que vous partiez, ou vous allez attraper la mort. Et faites attention à pas vous perdre.

– Je ne me perds jamais, j'ai mon guide, dit l'évangéliste avec un sourire forcé.

– Faut jamais dire jamais, par ici.

– Au revoir.

Là-dessus, Gus referma brusquement la porte, parce que le type était du genre à avoir réponse à tout et qu'il n'avait plus envie de se faire embarquer par de belles paroles. La plaisanterie n'avait que trop duré. Il attendit un moment à l'intérieur. Au moins, le type n'eut pas l'idée de frapper de nouveau. Gus entendit le bruit provoqué par ses talons contre les marches de l'escalier recouvert de glace, puis plus rien. Il resta encore un temps, pour être sûr que l'évangéliste se fût suffisamment éloigné, avant d'envisager de remettre le nez dehors.

Gus se sentait vidé. Il se dit que c'était parce qu'il n'avait pas l'habitude de parler et qu'une véritable conversation de cette nature lui demandait une grande énergie, car jamais il ne voulait relâcher son attention, de peur d'être entraîné sur une sente tourbeuse par son interlocuteur. Il alluma une cigarette, puis s'assit un moment pour réfléchir au milieu des buissons de fumée qui sortaient de sa bouche et semblaient se solidifier sous le cône de lumière venant de l'abat-jour suspendu au-dessus de la table de la cuisine. C'était une étrange sensation, de perdre la maîtrise un moment. Gus se rassembla autour de la dernière bouffée de fumée, qu'il garda le plus longtemps possible en lui, puis se leva et se rendit dans l'étable pour tirer le fumier, pensant qu'en faisant des gestes intégrés depuis l'enfance, la maîtrise de son petit univers reviendrait plus facilement.

Après quelques coups de fourche, Gus se sentit mieux ; il toussait moins. Sans beaucoup réfléchir, il décida de mettre ce bienfait sur le compte de la gnôle. Il en était à racler les derniers brins de paille souillés avec les dents de sa fourche, quand Mars fit brusquement un bon vers la porte de l'étable en aboyant. Un souffle d'air glacial s'engouffra à l'intérieur. Gus se retourna instantanément et reconnu l'évangéliste qui pointait son nez par le battant supérieur ouvert de la porte, semblable à une créature mythologique, visiblement pas amicale, certainement pas innocente.

Bon Dieu, qu'est-ce qu'il fout encore là ? se dit Gus en reprenant ses esprits et en brandissant sa fourche en direction du suceur de bible, comme un démon de l'enfer voulant embrocher une âme récalcitrante. Puis il lança, sur le ton de la colère, sans vraiment savoir si c'était à cause de la peur engendrée par l'apparition subite, ou de l'obligation de devoir de nouveau parler :

– Putain, ça vous plaît de faire peur aux gens de la sorte ?

– Je suis désolé, mais je n'arrive pas à joindre mes collègues pour qu'ils viennent me chercher. Impossible de capter le moindre réseau ici.

– Un réseau ?

– Pour mon téléphone mobile, je veux dire. Il ne doit pas y avoir de borne près d'ici, fit l'évangéliste en montrant à Gus un objet aussi gros qu'une boîte d'allumettes, mais apparemment moins utile à cette heure, précisément à cet endroit.

– Parce que c'est avec ce machin-là que vous espérez obtenir de l'aide ?

– D'habitude, ça fonctionne bien, mais là, rien à faire.

– Vous m'étonnez ! Et votre guide, il peut pas vous aider, je croyais que vous vous perdiez jamais grâce à lui ?

– Un point pour vous.

– M'est avis que ça serait pas le dernier, si vous preniez le temps d'y réfléchir vraiment.

– Est-ce que je pourrais utiliser votre téléphone ? Je vous dédommagerai, bien sûr.

– Vous aurez pas à le faire, j'ai pas le téléphone.

– Ça m'étonnerait, j'ai remarqué qu'il y a une ligne qui arrive jusqu'à votre ferme.

– Les fils sont peut-être arrivés jusque-là, mais le téléphone, il est pas rentré chez moi pour autant.

– Vous plaisantez ?

– J'en ai l'air ?

– Comment est-ce que je vais faire, maintenant que la nuit est tombée ? dit le type avec une pointe de panique dans la voix.

– Je vois qu'une seule solution pour vous sortir de là.

– S'il vous plaît.

– C'est de descendre jusqu'à la ferme de mon voisin, par le chemin qui se trouve à environ deux cents mètres plus bas sur la gauche ; lui, il a le téléphone. Je peux pas vous promettre qu'il vous permettra de l'utiliser, mais j'ai pas mieux à vous offrir.

– Je suis frigorifié.
– C'est peut-être de ma faute.
– Je n'ai pas dit ça, mais ce serait charitable à vous que je puisse me réchauffer quelques minutes.
– La charité, c'est pas dans mes cordes, dit Gus qui trouvait que le suceur de bible insistait beaucoup pour entrer un moment chez lui.
– S'il n'y a vraiment pas d'autre moyen, alors je vais faire ce que vous dites.
– Y'en a pas d'autre, je le crains.
– Merci quand même.
– Pas de quoi… et refermez la porte du haut, le froid, c'est bon pour personne.

Quand l'évangéliste eut repoussé le battant supérieur, Gus demeura le nez en l'air, face à la porte, s'attendant à ce que le suceur de bible revienne l'embrouiller. Les veines sur ses mains tressautaient comme si de petits vers se trouvaient enfermés dedans.

Gus était en train de regarder le film du soir pour se changer les idées. La réception était presque redevenue normale, même si l'image sautillait par moments. Mars se grattait le museau en le faisant coulisser entre ses pattes. Il releva la tête en entendant une détonation. Un western passait à la télévision, un de ces vieux films avec Richard Widmark et ce grand type costaud qui a toujours l'air de revenir d'un enterrement. Gus aimait les westerns depuis toujours, mais celui-là ne l'emballait pas, parce qu'il n'y avait pas d'Indiens. Et lui, il se sentait proche de ce peuple exterminé dans l'indifférence générale. C'était une des raisons qui l'avait amené à se laisser pousser les cheveux au fil du temps, cette filiation distante, ce signe de liberté, de révolte, et de paresse aussi.

Sa terre, Gus ne savait pas ce qu'elle deviendrait quand il serait mort et, pour tout dire, il s'en foutait, mais tant qu'il serait de ce monde, il se bagarrerait pour la garder et l'entretenir avec respect, comme les Indiens avaient toujours fait avec la leur, jusqu'à la mort. C'était tout ce qu'avait jamais possédé Gus, cette terre, constituée d'une couche arable si fine que récolter le fruit d'une parcelle ensemencée était comme de parier sur le pire des canassons dans une course de pur-sang. Pour autant, au moment de la rejoindre, il ne souhaitait pas se retrouver avec n'importe qui au cimetière, et certainement pas avec ses vieux. Il avait d'ailleurs pris des mesures dans ce sens, une concession toute fraîche qu'il avait achetée, bien loin des cadavres qui devaient continuer à se chamailler au fond du caveau familial. Ça aussi, c'était sa liberté, pouvoir choisir d'être seul dans cette obscurité promise.

Pour en revenir aux Indiens, Gus trouvait qu'ils avaient de la noblesse en eux, quelque chose au fond de leurs yeux, que personne n'avait jamais pu leur prendre, comme s'ils avaient toujours su que poser un pied sur le sol n'était pas le plus important et que c'était plutôt la manière qu'on avait de s'en arracher qui en avait.

La dignité, c'est ce qui venait à Gus, plus que la fierté. Et la liberté, il était persuadé qu'elle se situait entre deux pas, quand on avait la chance de choisir où on allait.

8

Satanées bronches. Gus avait l'impression d'avoir avalé une couleuvre, tellement ça sifflait à l'intérieur de sa poitrine. Il ne pouvait quand même pas continuer à enquiller les grogs comme la veille au soir. Alors il se fit chauffer du lait et y mélangea du miel que lui avait offert Abel. Du miel de ses ruches, bien parfumé à la fleur d'acacia. Gus rajouta une goutte d'eau-de-vie de prune, pour le goût. Un drôle de mélange.

Ça faisait un jour que l'abbé était en terre. Gus y pensait, en se demandant pourquoi les morts ne s'en allaient pas tous à la même allure. Sa mère, elle était partie à l'instant où il l'avait vu accrochée par le cou à une corde de chanvre dans la grange. Le père, le glissement avait duré un peu plus longtemps. Quant à la grand-mère qui avait disparu peu avant son père, Gus y pensait souvent.

Il se souvenait parfaitement de la mort de la mémé. Elle avait toujours habité à la ferme. Les choses les plus importantes qu'on lui avait enseignées sur la vie, il les lui devait. Une femme bonne et remplie de gentillesse, qui l'avait en quelque sorte élevé. Gus se rappelait, avec nostalgie, des « r » roulant dans sa bouche, comme des petits cailloux au fond de la rivière. Il était surprenant de voir à quel point elle était différente de son propre fils, et le physique n'avait rien à voir là-dedans ; c'était d'humanité qu'il était question. À bien y réfléchir, maintenant qu'elle avait quitté ce monde, Gus se disait que, si elle avait vécu aussi longtemps, c'était qu'elle craignait probablement de le laisser seul avec ses parents. Avant de disparaître, elle n'avait plus voix au chapitre depuis belle lurette et ne pouvait que constater la façon dont les choses se passaient : les mauvais coups et les mauvaises paroles, qu'elle tentait d'atténuer comme elle le pouvait. Gus adorait quand ils étaient assis au coin du feu et que la mémé lui racontait des histoires anciennes venues de son passé à elle, qu'il n'avait pas connu et qui la rendait plus souvent triste que joyeuse. Gus ne s'y trompait pas à l'époque. Et ses silences. Des silences qui le calmaient comme rien n'avait jamais pu le faire aussi bien depuis. Il lui disait alors qu'elle était une fée pleine de rides et elle répondait en souriant qu'elle n'en était pas une, que les fées étaient toujours belles et jamais vieilles, que c'était à ça qu'on les reconnaissait.

Quand elle mourut, elle était presque devenue aveugle. Ses yeux ressemblaient à ceux d'une grenouille quand elle va plonger sous l'eau. Gus n'aurait su dire comment s'appelait cette maladie, mais ce n'était pas vraiment beau à regarder. Avec le recul, il pensait que le fait de ne plus voir distinctement ce qui se passait autour d'elle avait dû sacrément l'arranger, que c'était sa manière à elle de se retirer en douceur sur la pointe des pieds, de tirer sa révérence en floutant la réalité. Entendre lui suffisait amplement. En tout cas, cette idée plaisait à Gus.

La mémé était sur la seule photographie qu'il possédait. On la voyait, debout sur la plus haute marche de l'escalier, occupée à peler des châtaignes, avec ses doigts crochus déformés par l'arthrose. Gus ne se souvenait plus qui l'avait prise, cette photo, sûrement ce type qui était venu un jour à la ferme, il y avait longtemps, pour poser des questions sur le métier de paysan, son évolution, et qui s'était repointé des années après pour mesurer ce qui s'était passé entre ses deux visites. Au moins, celui-là, Gus l'avait trouvé sincère, rien à voir avec un banquier ou un suceur de bible.

Gus ressentait maintenant le besoin de se remuer la couenne. En plus de la crève, il devenait tout mou, à ne pas faire son travail en temps et en heure. Ne pas honorer ce contrat passé avec lui-même ne lui plaisait guère. Il était persuadé que tout ce que devait faire un homme, c'était son travail, et que les buts fixés et l'occupation générée pour les atteindre étaient comme des sémaphores suffisant à éclairer la vie d'un paysan, et que toutes les interférences n'étaient que des parasites inutiles dont il était vital de se libérer au plus vite. Gus savait pertinemment que réfléchir à sa condition n'était pas une bonne idée. Son cœur se gonflait d'un sentiment qu'il ne pouvait nommer, quelque part à l'opposé de la joie, étant donné que, dans ces moments-là, sa solitude devenait son pire ennemi.

Il rangea au placard pour le reste de la matinée ce qui lui trottait dans la tête, puis alla réparer dans l'étable deux abreuvoirs qui avaient du mal à cracher l'eau, une histoire de clapet qui restait coincé à cause de la rouille et du sel accumulés. Heureusement, en fouillant dans la remise, Gus trouva un peu de ferraille suffisamment fine, qu'il découpa et modela pour bricoler de nouvelles pièces, se disant que ça durerait ce que ça durerait.

Au dehors, le soleil commençait à faire fondre la neige sur les toits et les arbres, mais il ne faisait toujours pas bien chaud. Gus se demanda ce qu'il était advenu de l'évangéliste. Ce fut à ce moment-là que lui vint l'idée qu'on l'avait mené en bateau, en repensant à la façon dont le suceur de bible était accoutré. Un autre évangéliste l'attendait peut-être dans une de ces voitures confortables et chauffées, et le projet qu'ils avaient, le seul qu'ils avaient certainement eu, était de rentrer chez Gus. Mais pour faire quoi ? Prendre le temps de le convertir, ou bien… le voler ? Dans un cas comme dans l'autre, il leur avait évité une sacrée déception. Gus avait parfois eu l'occasion de vérifier que les hommes de Dieu n'étaient pas forcément les moins pervers. Mais, après tout, pourquoi celui-là n'aurait pas été sincère et ne se serait pas laissé piéger par le mauvais temps. Tout simplement.

Gus s'avança sur la route par laquelle Moïse était parti la veille écarter les congères sur son passage. Ce n'était pas qu'il s'en faisait pour lui ; un type malin comme ça devait avoir plus d'une solution dans son sac pour se tirer d'affaire. Et c'était ce qu'il avait fait, parce qu'il n'y avait aucun corps gisant dans le fossé. De toute façon, ce qui avait pu lui arriver, c'était son histoire, pas celle de Gus. Personne ne lui avait demandé de venir. On se renseigne avant de mettre les pieds quelque part et ce n'était visiblement pas ce qu'avait fait le suceur de bible.

Une fois parvenu au croisement du chemin du Braque, qui menait chez Abel, Gus remarqua des traces de pneus presque aussi larges que celles de son tracteur et avec presque autant de crampons sur la gomme. Le véhicule était monté jusque-là sans patiner, puis était reparti avec, probablement, le défenseur des Évangiles à son bord. Si c'était Dieu en personne qui conduisait, il s'était sacrément équipé depuis la nuit des temps, pensa Gus. Les traces étaient gelées, ce qui semblait attester que le sauvetage avait eu lieu depuis un bon moment et que tout ce petit monde devait à coup sûr être en train de se réchauffer autour d'une prière à Saint-Jean, quelque chose dans ce goût-là. Puis Gus regarda la ferme d'Abel couchée dans la combe en contrebas. Il n'y avait pas un bruit pour contredire sa réflexion. Une visite s'imposait. Gus avait deux choses à demander, la première concernait les traces de pieds nus relevées dans la neige, et la seconde, la visite de l'évangéliste.

En arrivant chez Abel, Gus perçut un bruit de moteur provenant de derrière la maison. Mars était dans ses pattes et n'arrêtait pas de renifler dans le vent, comme quand quelque chose lui tracassait le flair. Gus fit le tour du bâtiment.Quand il parvint de l'autre côté, Abel était bien là, dos à lui, occupé à balancer des betteraves dans la trémie rouillée de son broyeur. C'est un fait connu de tous les paysans, que les vaches adorent les betteraves mélangées au foin. Ça leur met de la graisse sur l'échine pour supporter le froid. Gus observa Abel quelques instants, penché au-dessus de sa brouette pour saisir une forme tubéreuse parmi d'autres empilées avant de l'envoyer dans le broyeur à la manière d'un demi de mêlée. La machine faisait un sacré boucan, surtout lorsqu'une grosse betterave tombait dans la trémie et que le moteur se mettait à patiner. Gus cria pour se faire entendre, et Abel se retourna brusquement, tout surpris, laissant les couteaux du broyeur tourner dans le vide.

– Qu'est-ce que tu fous là ? demanda Abel, apparemment pas enchanté par la présence de Gus sur son territoire.

– J'ai quelque chose à te demander.

Les deux hommes criaient comme s'ils avaient été positionnés chacun d'un côté d'un précipice.

– T'en as des choses à me demander en ce moment.

– C'est pas si souvent.

– Tout de suite, un peu trop, à mon goût.

– Je repasserai, si tu veux… je vois que tu es occupé ?

– Vas-y, crache le morceau, maintenant que t'es là.

– T'as pas vu un type hier soir ?

– Ben si, il paraît même que c'est toi qui me l'as envoyé, à ce qu'il m'a raconté.

– Je savais pas comment faire pour qu'il rentre chez lui, alors comme tu as le téléphone, toi.

– Ouais, si jamais ça se reproduit, tu dis rien. Je suis pas le Bon Samaritain.

– Qu'est-ce que tu as fait de lui ?

– J'avais pas vraiment le choix… je l'ai laissé téléphoner.

– Bon ! Et quelqu'un est venu le chercher ?

– Je sais pas, et je m'en contrefous…

– Comment ça, tu sais pas ?

– Il m'a demandé s'il pouvait attendre au chaud et je suis peut-être un ours, mais je suis pas pour autant un monstre. J'ai dit oui, mais dans la grange, vu que j'avais pas terminé de faire tomber des bottes de foin depuis la barge, pour nourrir mes bêtes. Sauf que pendant le temps que je m'éreintais, ce couillon-là, il a voulu me vendre son dieu, alors je lui ai dit qu'il ferait mieux de reprendre le chemin dans l'autre sens et de monter attendre ses collègues à la route et que c'était plus négociable. Il avait qu'à rester à sa place, je lui demandais pas plus.

– C'est visiblement ce qu'il a fait, j'ai vu des traces de pneus, un peu plus haut.

– Tu me connais, je sais être persuasif, quand je veux.

– Sûr.

– T'as ton explication. Ce qui me chiffonne, c'est que t'es pourtant pas homme à te soucier de ce genre de type, ni d'aucun, à ma connaissance. Qu'est-ce qu'y t'arrive ? demanda Abel suspicieux.

– Mettons que je m'en serais voulu s'il avait gelé dans un fossé.

– Personne lui a demandé de venir.

– T'as raison, mais quand même, c'est pas une attitude bien charitable.

– Je trouve que tu réfléchis beaucoup ces temps-ci, et que ça te rend pas forcément service.

– Tu voudrais pas débrancher ta machine, on s'entendrait mieux causer ?

– Pourquoi, t'as pas fini ?

– Non, justement, j'ai autre chose à te demander.

Là-dessus, Abel entra dans la cave pour débrancher le fil électrique qui alimentait le moteur. Les couteaux continuèrent à tourner dans le vide un moment, puis le mouvement se ralentit et ils finirent par s'arrêter à l'instant où Abel ressortait.

– Bon, qu'est-ce que t'as encore besoin de savoir ?

– J'ai vu un truc bizarre, hier dans la forêt.

– Ce qui est bizarre tout de suite, c'est ton chien, on le dirait tout peureux.

– Justement, tu vas comprendre pourquoi il est dans cet état.

– Accouche, j'ai encore du travail.

– Hier, je suis allé finir de réparer la clôture du pré des Doges, juste en dessous de chez moi.

– Je connais.

– Je remballais mon matériel, quand j'ai entendu Mars qui aboyait dans la forêt comme un perdu.

– Il en avait après un lapin ou un renard, j'imagine.

– C'est ce que j'ai supposé aussi sur le moment, mais, cette bête, je l'entendais qui s'énervait de plus en plus, alors je me suis approché, et Mars, il est sorti du bois, comme s'il avait un troupeau de tiques accrochées au cul en train de lui pomper le sang.

Gus raconta toute l'histoire à Abel, jusqu'aux petites traces qui se dirigeaient vers la ferme de son voisin. En égrenant son récit, sans renoncer au moindre détail, il lui sembla voir une ride se creuser juste au-dessus du nez d'Abel, celle qui apparaît quand on a un souci et qui finit par ne plus se refermer quand on en a trop. Gus se dit qu'il avait éveillé de l'intérêt chez Abel, parce que ce dernier n'avait plus l'air de penser à ses betteraves, ni à rien d'autre qu'à ses paroles.

– Tu dis qu'il était pieds nus ? fit Abel en s'appuyant sur la trémie du broyeur et en sortant un paquet de tabac d'une des poches de son veston.

– Sûr et certain.

– Ça me paraît de la folie par le temps qu'il fait.

– C'est bien mon avis. Tu veux dire que t'as rien remarqué de ton côté ?

– Rien, à part l'évangéliste, hier soir, et lui, il avait des chaussures, même si elles devaient lui être guère plus utiles que s'il les avait pas eues à ses pieds. Et puis, ça peut pas non plus être mon visiteur de l'autre jour, vu que lui aussi avait des chaussures, bien adaptées, celles-là. De toute façon, l'un comme l'autre devaient chausser du quarante-deux et c'est visiblement pas une pointure qui correspond à ce que t'as vu. À moins que tu te sois trompé… En tout cas, j'ai peur de pas avoir d'explication à te donner.

– C'est dingue, comme ça me tourne dans la caboche du matin au soir et même la nuit, dit Gus, sans relever la provocation d'Abel.

– Si on devait se faire du mouron pour tout ce qui arrive dans le monde, on n'aurait plus qu'à mettre la clef sous la porte et bonsoir m'sieurs dames, dit Abel tout en se roulant une cigarette.

– Je veux bien, moi, mais d'habitude, ici, on a une explication pour chaque chose qui se passe.

– À mon avis, c'est justement qu'on n'a pas assez l'habitude qu'il se passe des choses, bizarres ou pas. T'as qu'à te concentrer sur ton travail et tu verras que tout rentrera dans l'ordre, c'est ça qu'il faut que tu fasses et sans perdre de temps, sinon, tu vas avoir ce genre de maladie qui s'attrape quand on réfléchit de trop et qui se guérit pas avec de l'aspirine.

– C'est ce que je suis censé faire, on dirait.

– Tu ferais mieux de rentrer te mettre au chaud, en plus, t'as l'air drôlement enrhumé, dis-moi ?

– Ça passera.

– Fais gaffe, c'est rien de bon, quand le mal descend sur la poitrine, dit Abel en allumant sa cigarette.

– Je me suis toujours débrouillé.

– Je disais ça comme ça.

– Bon, rien d'autre à me dire ?

– Non, faut que je retourne au boulot. Je passerai te voir demain.

– Si tu veux.

Il fut un temps où Abel aurait invité Gus à boire un coup de rouge. Il fallait croire que les choses avaient changé entre eux et que les relations n'étaient plus aussi simples qu'avant. Cet Abel-là ne ressemblait pas vraiment à celui que Gus avait connu, à préférer continuer de travailler plutôt que d'aller s'en jeter un quand une occasion se présentait.

Jusqu'ici, les deux hommes ne s'étaient jamais vraiment brouillés, et c'était pas une mince performance quand on les connaissait. Il n'y en avait pas un de plus sociable que l'autre, et il faut reconnaître que le véritable tour de force c'était qu'ils arrivent à faire plus que se supporter.

Abel était plutôt taciturne, avec des mystères dans la tête, certainement comme tout le monde, mais pas du genre à livrer ses états d'âme. D'une certaine façon, sans le vouloir, il avait déjà révélé un bout de peau sous son armure, un jour de juin où Gus était descendu à pied jusque chez lui pour chercher la botteleuse qu'ils avaient achetée ensemble, il y avait plus de dix ans de ça. Comme c'était trop bête de posséder chacun une machine qui ne servait qu'une fois l'an, ils avaient fait l'acquisition d'une Claas d'occasion, une bonne machine, qui crachait des bottes régulières d'une vingtaine de kilos, semblables à des gros sucres blonds.

À l'époque, Gus était arrivé à la ferme d'Abel, qui était occupé à lire un bout de papier, assis sur les marches, devant sa maison, tellement absorbé par sa lecture qu'il n'avait pas immédiatement décelé la présence de Gus.

– Salut, Abel, avait dit Gus, suffisamment loin de lui pour ne pas avoir l'air d'espionner.

Abel n'avait pas répondu tout de suite. Il avait replié le papier en quatrième vitesse, puis l'avait fourré dans une poche de sa veste. Ensuite, il avait fait mine de se frotter les yeux et Gus avait cru voir un peu de sueur sur le bout de ses doigts. On était en juin.

– Putain de soleil ! avait dit Abel en regardant droit devant lui, là où Gus n'était pas.

– Ouaip, mais le bon côté des choses, c'est qu'il fait sacrément bien sécher le foin ces temps-ci, dit Gus gêné.

– C'est bien vrai qu'on peut pas tout avoir.

– Qui le voudrait ?

– T'as besoin de quelque chose ?

Abel avait posé la question, sans répondre à celle de Gus, puis s'était tourné vers lui en plissant les yeux, comme une chouette gênée par la lumière du jour.

– Je peux prendre la botteleuse, demain ?

– Pas de problème, de toute façon, j'ai pas fini de faucher.

– J'ai regardé la météo, ils disent qu'on a quelques jours de beau temps devant nous, dit Gus en regardant le ciel bleu.

– Ça devrait largement suffire pour ce qu'on a à faire.

– Tu me fais signe quand t'as besoin de rentrer ton foin.

– D'accord, pareil pour toi.

Depuis des années, les deux hommes s'entraidaient pour charger les bottes sur la remorque, puis les empiler dans la grange. Seul, ça aurait été une drôle de corvée ; à deux, ça l'était beaucoup moins. Les autres paysans du coin avaient résolu le problème depuis belle lurette en s'équipant de ces engins qui font des bottes aussi grosses que des montagnes et qu'ils n'ont plus qu'à transporter avec une fourche hydraulique et à poser au sec dans une grange sans même descendre de leur tracteur. Pour ça aussi, Abel et Gus étaient restés à l'ancienne heure.

– Je passerai demain, pour atteler la botteleuse au Massey, dit Gus en faisant mine de partir.

– Quand tu voudras. T'as bien cinq minutes pour rentrer boire un coup.

– Tu as peut-être d'autres choses à faire ?

– Le jour où ces choses-là seront prioritaires, t'auras le droit de me le faire remarquer.

– Alors, j'ai ces cinq minutes-là.

Ils entrèrent chez Abel et burent deux verres de vin. Ensuite, Gus dit qu'il devait s'en aller. Il fallait avoir les idées suffisamment claires pour passer la pirouette dans le foin sec, avant d'andainer et de botteler. Abel le raccompagna jusqu'au milieu de la cour. Puis Gus demanda d'un air chagrin :

– Tu es sûr que ça va ?

– Pourquoi tu me demandes ça ?

– Pour rien. Je veux juste que tu saches que, si tu as besoin de moi, je suis là… même pour autre chose que des travaux agricoles.

– Et je t'en remercie, mais je t'assure que je vais aussi bien qu'il est possible.

– Alors tant mieux, me voilà rassuré.

Tout en s'éloignant, Gus sentait le regard d'Abel peser lourdement sur ses épaules. Il se doutait qu'Abel allait s'asseoir de nouveau sur les marches, pour déplier le mystérieux bout de papier qu'il n'avait pas dû finir de lire, ou de relire, vu qu'il avait l'air passablement froissé. Et à ce moment précis, Gus avait eu la certitude que l'humidité qu'il avait vue sur les doigts d'Abel n'était pas simplement de la sueur.

Gus n'aurait su dire pourquoi il repensait à cette conversation en remontant le chemin du Braque. Une chose était sûre, il n'était pas plus avancé qu'en le descendant quelque temps avant. Arrivé au croisement, il retrouva les larges traces de pneus. Mars était pressé de rentrer, et occupé à surveiller sans arrêt ses arrières, comme s'il s'attendait à ce qu'un nuage lui tombe sur le coin du museau ou qu'un monstre sorte de terre, naseaux fumants. Gus décida malgré tout de suivre les traces un moment.

Il s'aperçut que les marques de pneus menaient tout droit au moulin du vieux Joseph, près duquel le véhicule s'était visiblement arrêté avant de repartir. Le moulin n'était désormais plus qu'une ruine qui rappelait à Gus le temps de l'enfance, un temps où Joseph n'était pas encore mort. À cette époque-là, le moulin ne fonctionnait plus vraiment, mais le vieil homme dépannait encore les habitués en mettant sa meule en route pour broyer le grain et le transformer en farine. Le petit Gus pouvait rester des heures à regarder la roue tourner et l'eau glisser sur les larges pales en bois. Il pêchait parfois dans le canal situé au-dessus du moulin, alimenté par la rivière, dans les grands calmes où les rotengles, les poissons-chats et les carpes venaient se nourrir de grains concassés en balançant leurs flancs dans la lumière. Le vieux Joseph laissait faire le gamin de bon cœur. Il lui portait une certaine affection. Gus donnait souvent les poissons qu'il avait attrapés au vieil homme, qui les acceptait, finissant immanquablement par raconter qu'une fois, il avait épuisé un énorme brochet dans la douve, jusqu'au moment de le remonter sur la berge et que le carnassier avait coupé le fil avec ses dents. Joseph assurait qu'il le voyait encore souvent se balader entre deux eaux, comme un seigneur.

Le vieil homme était d'une ancienne famille de meuniers qui s'était éteinte avec lui. Ici, les lignées, elles s'éteignent toutes les unes après les autres, comme des bougies qui n'ont plus de cire à brûler. C'est ça le truc, la mèche, c'est rien du tout s'il n'y a plus de cire autour, une sorte de pâte humaine, si bien que l'obscurité gagne un peu plus de terrain chaque jour ; et personne n'est assez puissant pour contrecarrer le projet de la nuit.

En approchant de l'endroit où le véhicule s'était arrêté, Gus vit que ses occupants en étaient descendus, puis avaient visité les lieux, ce qui lui parut plutôt bizarre en pleine nuit et par le temps qu'il faisait. Peut-être avaient-ils eu envie de pisser ? Et après tout, qu'y avait-il de plus bizarre que des suceurs d'évangiles prosélytes en pleine cambrousse ?

Gus demeura un long moment à regarder les vieilles pierres encore debout, les murs en partie écroulés et recouverts de mousse, et la roue pourrie par le temps qui partait en lambeaux.

Un filet d'eau coulait encore dans le canal, mais il n'y avait plus le moindre poisson pour s'y aventurer, à cause du manque d'oxygène. Il trouvait sacrilège que personne n'ait entretenu l'endroit pour que la mémoire des temps anciens ne se perde pas définitivement, mais c'était plus compliqué que de goudronner une route électorale. Pour l'heure, il était trop tard, il n'y avait plus rien à sauver, pas plus les quelques ardoises qui tenaient encore sur le toit comme par miracle que les poutres qu'on voyait sortir des murs défoncés du moulin. L'idée du temps qui passe ne faisait pas vraiment de bien à Gus, quelque chose comme de la nostalgie et de la mélancolie qui le dissuadèrent de pénétrer à l'intérieur du moulin, certain qu'il était d'abandonner plus qu'un souvenir si jamais il succombait à la tentation. Alors, il contourna les bâtiments sous le regard du vieux Joseph qui devait le regarder de par en haut.

9

On était mardi, le jour de la semaine où Gus se rendait au village pour faire ses courses. Il n'avait pas de gros besoins et c'était heureux, parce qu'avec ce qu'il gagnait en vendant ses veaux, il n'avait pas l'occasion de faire souvent des extras. Il ne pouvait guère que s'acheter du tabac, un peu de nourriture et l'indispensable pour faire tourner la ferme et se payer un verre ou deux au bistrot du Pont-de-Montvert, précisément le mardi.

Gus se dirigea vers la grange, ouvrit les portes en grand et démarra son vieux Massey-Ferguson. Le réservoir était presque à sec, et il alla faire le plein grâce à une pompe à main accrochée au mur de la grange, qui permettait de puiser le gasoil dans une cuve enterrée. Il laissa ensuite le moteur tourner un moment pour le réveiller tout à fait. Pendant ce temps, Gus entra chercher une veste imperméable parce que, même si l'engin ne roulait pas bien vite, il se dit qu'elle lui couperait un peu du vent et du froid. Ce n'était pas le moment d'en attraper davantage sur les bronches. Il saisit un grand sac-poubelle vide qui traînait sur une table, le fourra dans une poche de sa veste et sortit. Le moteur du tracteur était chaud et Gus monta sur le siège, qui dégueulait la garniture en mousse à travers le Skaï beige déchiré. Mars suivit l'équipage jusqu'au chemin d'Abel en aboyant, puis il retourna se coucher dans la grange au milieu d'un tas de foin, où il allait attendre sagement le retour de son maître.

Alors que le tracteur progressait, les roues arrière rejetaient des pelletées de poudreuse souillée, coincées dans les crampons, qui allaient s'écraser contre les garde-boue, ou sur la couche de neige tassée recouvrant la route. On aurait dit que Gus semait des graines tombées du ciel, pour les récolter à son retour sous forme de fruits gelés. Il agrippait le volant d'une main, pendant qu'il protégeait la seconde à l'intérieur d'une des poches de sa veste, et alternait de temps en temps, afin de ne pas en faire geler une plus qu'une autre. Ses cheveux flottaient en arrière et ressemblaient à des touffes de fleurs mâles de maïs agacées par le vent. Une brise glaciale venait lui cingler le visage, et il avait de la peine à garder les yeux ouverts. Par bonheur, aucun véhicule n'eut l'idée de se pointer en sens inverse, car le tracteur occupait toute la largeur de la route, et Gus n'était pas homme à envisager de mordre le bas-côté au risque de s'embourber.

Une fois arrivé au village, Gus s'arrêta devant l'épicerie pour acheter ce dont il avait besoin. L'épicière était une fille d'une quarantaine d'années, mariée à un employé de la scierie Ballac. C'était le genre de fille à s'occuper des affaires des autres avant les siennes, et à en inventer de nouvelles lorsqu'elle n'avait rien à se mettre sous la dent. En bonne commerçante, elle se sentit obligée de parler à Gus, et lui, pas de répondre. Il voyait bien que ce n'était pas pour prendre de ses nouvelles qu'elle alimentait la conversation, mais, selon toute vraisemblance, pour occuper l'espace et contrer le malaise que la présence de Gus lui causait. Il s'en serait passé, des visites hebdomadaires à l'épicière, s'il n'y avait pas été contraint. C'était vrai qu'il ressemblait à un clochard, mais il n'avait jamais eu de dettes, lui, ni fait de mal à personne, rien qui puisse lui valoir les regards en biais de la commerçante. Les apparences ont la vie dure et on leur fait dire aussi ce qu'on veut bien. Gus en connaissait des tout beaux et des tout propres, qui n'avaient pas sa façon de voir les choses et à qui l'épicière devait faire des ronds de jambe. De ça, non plus, il n'était pas dupe.

La commerçante déposa les articles sur le comptoir, tout en préparant la note, puis Gus enfourna ses provisions dans son sac-poubelle : cinq pains, cinq plaques de chocolat au lait, huit boîtes de sardines, quatre boîtes de pâté et un saucisson cuit à l'ail. Ensuite, il sortit son porte-monnaie à soufflet, dans lequel il piocha trois billets de dix pliés en quatre, en se rappelant l'époque où deux suffisaient pour acheter la même chose. Le prix du chocolat avait encore augmenté ; ce n'était pas le cas du kilo de viande que lui achetait le marchand de bestiaux. Il y avait comme ça des mystères que Gus n'arriverait jamais à élucider, un principe de vases communicants qui ne communiquaient que dans un sens, et pas en sa faveur.

En sortant de l'épicerie, Gus se rendit au bistrot de Peyrot. Peyrot était un gros bonhomme qui avait l'air de toujours faire la gueule. On aurait dit qu'il respirait un coup sur deux, mais ça ne devait être qu'une impression, étant donné la quantité d'air nécessaire pour remplir son imposant poitrail. À bien y réfléchir, Peyrot et son bistrot représentaient la troisième institution du village. Il avait racheté le café en 1982. Ses parents avaient une ferme à Grizac. Peyrot n'avait jamais pu se faire à la vie de paysan et, comme ils étaient quatre frères, sa décision avait arrangé tout le monde. Malgré son air bourru, il préférait le contact des gens à celui des bêtes, et puis surtout, il aimait bien boire un coup, et forcément, ici, les prétextes ne manquaient pas. Le petit blanc du matin, c'était son péché mignon. L'après-midi, il lui fallait du plus sérieux. Il montait en puissance, surtout quand la nuit tombait, l'heure où l'eau se troublait. Il se considérait avant tout comme un homme libre, à qui personne n'avait à dicter sa conduite, et certainement pas dans Son bar. Il avait accueilli la loi anti-tabac par cette tirade mémorable : « … Moi, je suis pas du genre à me laisser marcher sur les pieds. C'est pas parce qu'il y a des connards à Paris qui ont voté une loi pour plus qu'on fume dans les bistrots que je vais obéir. Ici, c'est chez moi et ceux qui sont pas contents, ils n'ont qu'à pas pousser la porte, j'oblige personne. » Et, en effet, personne n'avait jamais fait la moindre réflexion, pas même les flics.

Depuis le jour où Gus avait posé le pied dans le café de Peyrot, aucun des deux hommes n'avait voulu dire bonjour le premier ; à croire que ça les aurait dépossédés de quelque chose d'aussi primordial que leur âme. La distance du premier contact avait fini par opérer une sorte de rapprochement diffus. Ce que même un étranger aurait pu déceler.

Ce mardi-là, les trois types qui discutaient avec Peyrot au comptoir ne tournèrent pas la tête à l'arrivée de Gus. Ils avaient l'air de refaire le monde, enfin, ils devaient plutôt s'en arranger, vu que le monde ne poussait pas souvent la porte du bistrot.

Gus s'assit à sa place habituelle. Il n'y avait certes jamais beaucoup de clients dans le rade de Peyrot, mais on aurait dit qu'il faisait en sorte que la place de Gus soit libre chaque mardi, sûrement pour qu'il ne fasse pas fuir les clients, ainsi remisé dans la pénombre tout au fond du bar, ramassé au-dessus de son verre, concentré sur un futur alcoolisé.

Sans dire un mot, Peyrot s'approcha de son client pour lui servir un verre de vin rouge. Gus le descendit aussitôt d'un trait et Peyrot lui en remit un autre dans la foulée, avant de retourner s'amarrer à son comptoir tavelé d'auréoles ressemblant à des traces de sabots laissées par un cheval qui aurait piétiné pendant des heures sur quelques cm^2. Le journal du jour traînait sur la table d'à côté. En première page, Gus reconnut un des types qu'il avait vus la veille à la télévision, un de ceux à qui on promettait d'être président de la République, si on s'en tenait aux sondages. Son nom sonnait un peu comme celui du maire. Gus tendit la main pour attraper le journal et voir ce qu'on racontait de plus à l'intérieur. En deuxième page, il y avait un article, Le dernier adieu fait à l'abbé Pierre. Il ne voulut pas le lire. Ensuite, il jeta un œil aux avis de décès. Le vieil Anselme de L'Hermet avait cassé sa pipe. Sur la page d'en face, un entrefilet racontait qu'il s'était fait encorner par son taureau, en plein sur la fémorale, le genre de blessure qui ne pardonne pas plus pour un jeune que pour un vieux. Il s'était déjà vidé de tout son sang quand les premiers secours étaient arrivés sur place, et ni les pompiers ni le SAMU n'avaient rien pu faire pour le sauver. Gus pensa qu'à l'âge où Anselme était mort, il aurait certainement déjà vendu ses vaches pour la viande, vu que quand on vieillit on est moins leste et qu'on a moins de besoins en tout pour continuer sa route. Il n'y avait rien d'autre d'intéressant à se mettre sous la dent, en tout cas rien qui se rapporte au petit monde que connaissait Gus et il n'avait pas pour habitude de s'encombrer la tête avec des histoires de gens qui ne lui étaient rien. Pour l'abbé, il fallait reconnaître que c'était différent.

Gus replia le journal et réclama un verre supplémentaire. Il tendit l'oreille pour écouter discrètement ce qui se disait. Il y avait une belle brochette au comptoir, ferraillant avec de plus en plus de conviction : Malaval, l'ancien charron, Dupeyroux le cantonnier à la retraite et John, un anglais qui habitait la commune depuis plus de vingt ans. On ne savait pas de quoi il vivait, l'étranger, juste qu'il avait dû faire un genre de travail dans le passé qui lui évitait d'avoir à se faire du souci pour le restant de ses jours. Peyrot les servait sans s'oublier. Les trois piliers revenaient d'une partie de chasse. Ils portaient tous un gilet orange enfilé par-dessus leur veston, et le charron avait gardé sa casquette de même couleur, posée en biais sur son crâne dégarni. Ils avaient dû faire une battue au renard, la seule chasse autorisée par temps de neige, l'animal étant considéré comme nuisible. Pour l'heure, les héros étaient en train d'accrocher un tout autre tableau de chasse à leur actif, et ils n'allaient certainement pas rentrer bredouille.

Au début, Gus crut qu'ils parlaient de lui, parce que le groupe faisait des messes basses et que ça ne leur ressemblait pas de parler tout doucement, surtout après avoir ouvert les écluses en grand, plutôt du genre à en faire profiter l'assistance de leurs histoires, vraies ou fausses. Gus saisit tout de même quelques mots à la volée, sans parvenir à les mettre en ordre. Une chose était sûre, ils causaient du maire, et d'étrangers qui avaient l'air de faire partie d'une sorte de secte. À les regarder, ça allait certainement les occuper un bout de temps. Du nouveau dans le trou du cul du monde, ce n'était pas tous les jours qu'une bénédiction de cette nature tombait du ciel. Ce fut alors que l'évangéliste se rappela à son bon souvenir, parce que la communauté dont parlait la compagnie, c'était bel et bien celle des suceurs de bible. Les surprises ne faisaient que commencer, et comme le sujet n'intéressait pas Gus, il se dit qu'il était temps de mettre les voiles.

Un type entra dans le bistrot au moment où Gus s'apprêtait à se lever, quelqu'un qu'il connaissait bien et depuis longtemps. Jean Paradis était son plus proche voisin, après Abel, bien sûr. C'était déjà plus les Doges, là où habitait Paradis, et pas tout à fait Grizac non plus. Jamais il ne serait venu à l'idée de Gus de lui donner un coup de main, à lui, ni d'en demander un. L'homme avait fait de sacrées bonnes affaires à ce qu'on racontait et pouvait voir, même. Pour réussir de la sorte, il fallait une certaine ambition et être capable de la projeter dans l'avenir, sans avoir de scrupules. Gus n'était pas du genre à se soucier de plus que du lendemain et il n'aurait pas su dire ce qui valait mieux pour un homme. Ce qu'il savait de source sûre, c'était qu'il n'aimait pas le Paradis, ni sa voix, ni ses manières, ni rien du tout se rapportant à lui.

Paradis était aussi large que haut, un genre de sanglier, une force de la nature, capable de se payer un gros John Deere flambant neuf sans réfléchir au prix. Il aimait se rendre dans le bourg sur un cheval tout noir, sûrement pour asseoir un peu plus sa réussite, avec cette pose aristocratique qui était loin de rendre justice à l'animal. Son projet était de racheter petit à petit les fermes tout autour de la sienne. Et il le menait obstinément à bien, ce projet-là. Sur les terres nouvellement acquises, il mettait des broutards et des moutons qui ne lui demandaient pas beaucoup de peine. Quant aux bâtiments, il payait une famille de Roumains vivant dans une caravane, sur une parcelle éloignée de sa ferme pour passer un coup de peinture dessus et les revendait à prix d'or à des Anglais, ou des Hollandais, enfin à un de ces étrangers qui trouvent qu'on est mieux ici que dans leur propre pays. C'était John qui avait ouvert la voie. Les fermes qu'il n'arrivait pas à vendre, Paradis les louait comme gîtes, pour un week-end, ou plus. Si la richesse signifiait quelque chose, au Pont-de-Montvert, c'était à Paradis d'en parler.

Pour tout dire, il payait tellement mal ses employés roumains, qu'ils avaient été obligés de trouver un moyen de manger à leur faim. Il leur arrivait d'aller dépecer une vache, la nuit, dans les pâtures de Paradis. Ils choisissaient une jeune bête et l'assommaient d'un coup de masse, avant de la découper sur pied, puis abandonnaient la carcasse.

Après plusieurs forfaits, Paradis les avait surpris, alors qu'il patrouillait, armé de son fusil de chasse. On racontait qu'il avait tiré dans le tas, sans sommation, blessant gravement un des Roumains en plein thorax. Paradis n'avait pas été inquiété par la justice, d'abord parce que les Roumains étaient en situation irrégulière sur le sol français, ensuite parce que personne ne s'était mis en tête de vouloir prouver qu'ils travaillaient pour lui.

Les Roumains étaient de la graine de racaille, sans papiers, qui n'avaient eu que ce qu'ils méritaient, selon son propre jugement.

Lors de cette nuit tragique, juste après avoir blessé le Roumain, Paradis avait prévenu un de ses fils, gendarme. Ce dernier était arrivé avec trois de ses collègues, pour constater les dégâts. Par chance, ils avaient même découvert une arme à côté du blessé. Voilà comment le remerciaient ceux à qui il permettait de camper généreusement sur ses terres ! Les mauvaises langues racontaient que le fusil trouvé près du voleur amoché était un calibre avec lequel on avait vu, plus d'une fois, Paradis chasser le gros gibier. Mais personne n'eut envie de creuser ce sillon-là, non plus.

Le Roumain s'en tira avec six mois d'hôpital, puis fut expulsé, *manu militari*, avec sa femme et ses enfants. Deux mois plus tard, une famille entière d'Albanais venait s'installer sur les terres de Paradis. Il avait certes été échaudé, mais il mettait un point d'honneur à montrer sa grandeur d'âme intacte au grand jour.

Paradis n'était pas le genre d'homme qu'on s'aventurait à couper au milieu d'une phrase sans une bonne raison. Gus l'avait quelques fois entendu causer chez Peyrot, avec sa voix de stentor qui montait au fur et à mesure qu'il en avait un coup supplémentaire dans le nez ; avec tous les autres péquenots du coin massés autour de lui, qui n'en perdaient pas une miette, comme si sa réussite rendait indiscutable les conneries qu'il débitait. Dans ces moments-là, Gus ne savait pas qui il détestait le plus, eux, ou lui.

Jean Paradis s'était présenté plusieurs fois aux élections municipales sans jamais être élu, à cause de ses idées extrémistes.

Il n'avait d'ailleurs toujours pas digéré l'échec, si bien que, dès qu'il pouvait emmerder Ballac et son conseil, il ne s'en privait pas. Il faut croire qu'il ne suffit pas de payer des coups au bistrot pour acheter un électorat, ou que les poivrots ne sont pas si nombreux que ça au village, ou bien encore que la démocratie a des vertus insoupçonnées.

Paradis avait une idée bien précise derrière la tête, en entrant chez Peyrot. Il s'assit en face de Gus sans y avoir été invité. Ce dernier constata immédiatement qu'il avait pris une sacrée avance, côté boisson, vu que son visage était tout rouge, comme prêt à exploser. Paradis le fixait en plissant les yeux, aussi sûr de lui que peut l'être un serpent en face d'une souris. Il dit, sans commencer par un bonjour :

– Faut qu'on parle affaires toi et moi.

Il parlait comme si c'était une évidence, mais Gus ne voyait pas quelles affaires ils pouvaient avoir en commun. Alors, il répondit :

– Je crois pas que c'est le genre de choses qu'on peut avoir à faire ensemble.

– Et moi, je crois que tu te goures. Si tu veux, je te propose de plus te soucier de te lever le matin pour soigner tes bêtes, ni de trimer comme un forçat dans l'avenir. Qu'est-ce que tu dis de ça ?

– J'en dis que tu dois être sacrément fort pour deviner un futur que je pourrais jamais imaginer.

– Tu crois pas si bien dire. Alors, t'en penses quoi ?

– J'avoue que tu as éveillé ma curiosité.

– Ah, tu vois que ça vaut la peine qu'on prenne un peu de temps pour discuter, toi et moi.

– Si je comprends bien, tu proposes de faire mon travail à ma place. C'est bien ce que j'ai compris ?

– Exactement.

– Tu es bien aimable. dit calmement Gus, mais que me vaut cette soudaine bonté ?

– T'es un rigolo, toi !

– C'est ce que tout le monde s'accorde à dire dans le coin.

– Voilà, je te propose une affaire en or, une que tu pourras pas refuser, si t'es vraiment aussi malin que je le pense. Je t'offre de te racheter ta ferme et toutes tes terres, de quoi te payer une maison dans le bourg et t'assurer une petite retraite jusqu'à la fin de tes jours, si tu sais placer ton argent comme il faut.

– J'ai peur de pas le placer dans les mêmes endroits que toi.

– Je t'aiderai, si tu veux, je m'y connais, dis Paradis en rapprochant son visage de son verre posé sur la table.

– J'en doute pas une seconde.

– Alors, c'est une chose qu'on peut envisager, entre gens intelligents ?

– Tu sais quoi ? fit Gus en prenant son verre à deux mains.

– Vas-y, je t'écoute.

– Tu m'as jamais adressé la parole, jusqu'à aujourd'hui, et je t'assure que je m'en suis jamais plaint… et voilà que la première fois que tu le fais, c'est pour vouloir me soulager de mon travail en me rachetant ma ferme. Tout ça, juste pour mon bien.

– Ouais, pour ton bien.

– Ça me touche que tu te soucies de moi à ce point. Je suis content de voir que tu considères les choses sous le même angle que moi.

– Sûr, mais tu seras d'accord qu'on n'est pas au bon endroit pour parler… affaires.

Gus baissa d'un ton en prononçant « affaires », comme le ferait un conspirateur dans une alcôve.

– Pas de problème, je passe chez toi quand tu veux pour finaliser cette conversation, dit Paradis en se mettant au diapason.

– Finaliser ? reprit Gus pensif.

– C'est ce qu'on dit dans ce genre de situation.

– Décidément, tu as le don pour trouver les mots qu'il faut au moment où il faut.

– Alors, on fait comme ça ?

– On va faire comme ça.

– Disons, demain aux Doges ?

– Demain, c'est parfait.

– Donc, à demain, dit Paradis en posant ses deux mains bien à plat sur la table, prêt à soulever sa grosse carcasse de la chaise.

– Avant que tu partes, faut que j'te dise un truc, ajouta Gus en élevant le ton, de sorte que tout le monde puisse entendre.

– Je t'écoute.

– Tu dois savoir que j'ai un chien ?

– C'est important ? demanda Paradis, surpris de la nouvelle tournure de la conversation.

– Bien sûr que c'est important. Il s'appelle Mars.

– Et alors ?

– Je l'ai appelé comme ça, parce que je l'ai trouvé, perdu dans les bois, tout tremblant, un jour de mars, c'était un quatre, mais je me souviens plus de l'année.

– C'est sacrément utile un chien, par chez nous.

– T'imagines pas à quel point.

– Je vois toujours pas en quoi ça concerne nos affaires.

– Au contraire, tu vas comprendre. Quand tu viendras, demain, pour discuter à nouveau de « nos affaires », ben, t'appelleras Mars.

– Pourquoi je ferais ça ? dit Paradis qui commençait à s'agacer.

– Parce que c'est lui qui te donnera ma réponse, et moi, je serai pas loin pour regarder, tu peux en être sûr.

– Tu te fous de moi, là ?

– À ton avis ?

– Putain, je te jure que tu me le paieras, dit Paradis en se levant d'un coup et en renversant sa chaise.

– J'ai pas les moyens, fit Gus avec un sourire au coin de la bouche, et une victoire au fond de lui, comme il n'aurait jamais imaginé en gagner une, même dans ses rêves.

Autant dire que la conversation s'arrêta net et que les deux hommes n'étaient pas près de la reprendre. Paradis quitta le bistrot comme un ouragan, sous les regards incrédules de Peyrot et de ses acolytes, puis Gus demanda qu'on lui serve un nouveau verre pour fêter ça. Ensuite il sortit après avoir payé ses consommations et acheté une cartouche de Gitanes.

En passant devant la mairie pour rejoindre son tracteur, Gus reconnut la voiture du maire et une autre encore plus grosse garée à côté. La vision buta violemment contre son crâne, comme une mouche qui aurait foncé sur une fenêtre sans la voir. Les crampons des pneus correspondaient aux traces qu'il avait relevées sur la route enneigée des Doges.

C'était forcément la bagnole qui était venue récupérer l'évangéliste l'autre soir, un de ces énormes 4x4 capables de braver le mauvais temps. Qu'est-ce qu'ils avaient après le maire? Peut-être que les suceurs de bible voulaient l'embringuer dans leur communauté? se dit Gus. Il s'approcha du bolide et mit ses mains en coupe devant son visage, tout contre une vitre arrière. La glace était teintée, mais il parvint tout de même à voir à l'intérieur et aperçut des piles de prospectus retenus par des élastiques, posées sur le siège, avec sur la couverture un Jésus sur la croix qui n'avait pas l'air de souffrir, et ces mots, écrits en gros: « Ma parole est vérité. ».

Gus s'attarda encore un peu, regardant de temps en temps autour de lui, au cas où quelqu'un s'apercevrait qu'il faisait l'espion. L'entrevue s'éternisait dans la mairie. Il semblait qu'ils en avaient des choses à se dire, les uns et les autres. Gus ne voulait pas repartir sans avoir vu tout ce petit monde et surtout vérifié que son visiteur était bien du nombre. S'il continuait à tourner autour de la voiture, son manège allait forcément finir par paraître suspect.

Le temple était juste en face de la mairie. Il suffisait, pour s'y rendre, de traverser la place qui servait aussi de foirail deux fois par mois. Gus se dit que c'était le moment d'aller y faire un tour, que ça ne pouvait certainement pas faire de bien, mais pas de mal non plus. Et puis, à cette heure-ci, il ne devait pas y avoir grand monde dans la boutique. Gus effaça la distance qui le séparait du temple et tira un battant de la porte. Il se retrouva dans le silence et la pénombre contrariée par les quelques téméraires photons qui parvenaient à transpercer les vitraux recouverts de saintes attitudes. Rien n'avait changé depuis le temps où il y avait mis les pieds pour la dernière fois, quelque chose comme vingt ans.

Gus laissa la porte ouverte pour voir au dehors. Il n'était pas assez sur ses gardes.

– Bonjour Gus, ça me fait rudement plaisir que tu sois ici.

Gus sursauta et se retourna dans la foulée. Il n'avait pas entendu le pasteur arriver, à croire que le serviteur de Dieu était apparu comme le Saint-Esprit descendu du ciel, juste pour lui faire remarquer que rien de ce qui se passait n'était en mesure de lui échapper. Si Dieu n'avait visiblement pas bougé, le pasteur, lui, avait pris un sacré coup de vieux.

– Bonjour, j'allais sortir, dit Gus, qui ressemblait à un gamin pris en faute.

– Je ne voulais pas te déranger. Tu peux rester tout le temps que tu veux,

– J'en ai déjà pris plus que ce que je croyais, faut que je rentre à la ferme, maintenant. Il y a du travail qui m'attend.

– Ça doit être plutôt calme aux Doges, en ce moment ?

– Je suppose que c'est ce qu'on doit se dire quand on n'y vit pas.

– Certainement, mais maintenant que tu es là, ce serait dommage de ne pas lui parler.

– À qui je devrais parler ?

– Au Seigneur, dit le pasteur en montrant la croix plantée derrière l'autel et le Jésus épinglé dessus, qui avait l'air d'en baver, celui-là ; comme si la réponse était évidente.

– C'était pas vraiment à lui que j'étais venu causer, pour tout dire.

– Excuse-moi, je ne voulais pas être indiscret.

– J'imagine que vous faites votre boulot aussi bien qu'un autre.

– Ce n'est pas vraiment un métier, tu sais.

– Vous êtes bien payé, à ce que je sache ?

– Bien sûr.

– Alors, c'est un boulot, et il y a pas à revenir là-dessus, dit Gus avec un brin d'agacement dans la voix.

– C'est plus que ça, tu sais... un sacerdoce.

– Je sais pas trop ce que veut dire ce mot, mais à vous entendre, vous le feriez pour rien, ce boulot-là ?

– Sans la moindre hésitation, répondit le pasteur d'un ton solennel.

– Moi, je dois reconnaître qu'il y a pas grand-chose que je ferais pour rien, dit Gus, plus par provocation que par conviction.

Tout en discutant, il ne perdait pas la place de vue, au cas où quelqu'un sortirait de la mairie.

– Tu as l'air bien préoccupé ? reprit le pasteur.

– Pas plus que d'habitude. Il faut juste plus que je traîne. Mars est enfermé dans la maison et je m'en voudrais qu'il fasse des saletés.

Un petit mensonge ne mangeait pas de pain et n'était tout de même pas de nature à rapprocher Gus de la damnation éternelle.

– Ah, dans ce cas, repasse quand tu veux.

– Je suis pas certain que ce soit demain la veille.

– Au revoir, Gus.

– Au revoir.

Gus sortit du temple et marcha vers son tracteur aussi

lentement qu'il le pouvait. Puis, il grimpa sur l'engin en s'aidant du garde-boue et du volant, cala son sac contre le siège, s'assit et tourna la clef de contact. Le moteur toussa un peu avant de se mettre en route en faisant vibrer les tôles. Posé sur son tas de ferraille, Gus ressemblait à un second monument aux morts à la gloire d'une paysannerie moribonde. Il débraya et enclencha une vitesse, poussa légèrement la manette des gaz. Lorsqu'il releva la tête, le maire sortait, accompagné de trois autres types. Ils n'avaient pas vraiment l'air de bien s'entendre, à voir le maire s'agiter. Même avec le bruit du moteur, Gus comprit qu'il leur disait que ce n'était pas la peine de revenir dans les parages, que ce n'était pas un endroit pour eux. Le mot « gendarmes » arriva plusieurs fois jusqu'à ses oreilles, sans que ça impressionne visiblement les suceurs de bible. Gus reconnut l'homme qui s'était perdu aux Doges dans ses beaux souliers de ville. Le trottoir déneigé semblait mieux lui convenir qu'une ferme ; au moins, il était sain et sauf et trop concentré sur la discussion pour faire attention à Gus. Ils avaient tous l'air drôlement préoccupés, à en juger par leurs mines. Puis, le maire tourna le dos aux évangélistes qui montèrent dans leur voiture. Ballac se retourna et prit le temps de les regarder s'éloigner sur la D7 en direction du nord, comme s'il était un shérif venant de botter le cul à une bande de hors-la-loi. Le véhicule rapetissa lentement, pris dans l'étau formé par les congères rangées de chaque côté de la route et finit par disparaître après le premier virage. Le maire sembla hésiter un instant sur la meilleure chose à faire et se dirigea vers le bistrot à grandes enjambées.

Une fois de retour à la ferme, Gus remarqua que son portail n'était pas correctement remis en place. Inquiet, il gara son tracteur dans la grange. Mars n'était pas là pour l'accueillir et il y avait des traces de pas qui allaient vers la maison et qui n'en repartaient pas. Des traces reconnaissables entre mille.

Quand Gus entra dans la cuisine en tenant son sac-poubelle rempli de courses, il découvrit Abel, assis sur une chaise avec son paquet de tabac à la main, qui s'apprêtait à rouler des brins dans une feuille de Rizla + .

– Je t'attendais, dit Abel.

Gus voyait l'œil de son vieux complice qui frisait en même temps qu'il parlait, comme quelqu'un qui viendrait de faire une bonne farce dont il ne serait pas peu fier.

– Tu as bien fait de rentrer au chaud, répondit Gus, en s'efforçant de paraître naturel.

– Tu veux que je t'en roule une ?

– Merci, mais je vais plutôt me fumer une Gitane. Je viens de m'en acheter une cartouche toute neuve au bourg.

– Comme tu voudras.

– Qu'est-ce qui t'amène ?

– Je t'avais bien dit que je passerais. Figure-toi qu'après que tu sois reparti, hier, je me suis dit que je t'avais pas bien reçu et que c'était pas correct quand on se dit amis.

– T'avais pas le temps, avec tes betteraves à moudre… C'est des choses qui arrivent.

– Justement, ces choses-là ne devraient pas arriver, entre nous.

– T'inquiète pas pour si peu, j'y pensais même plus.

– Menteur, mais c'est pas grave. Je suis venu te dire qu'il y a une barrique que j'aimerais bien entamer avec toi.

– Avec plaisir, quand tu voudras.

– Tu m'en veux pas, alors ? demanda Abel.

– C'est quand même pas moi qui vais te reprocher de pas toujours être bien luné.

– Bon, alors c'est entendu. Ce soir, ça t'irait ?

– À quelle heure ?

– Je passe te prendre vers huit heures, on se fera une omelette.

– Te donne pas cette peine, je descendrai à pied.

– Comme tu voudras.

– Dis, tu trinquerais pas avec moi avant de t'en aller, dit Gus.

– Je m'en voudrais de t'offenser une nouvelle fois.

Ils entreprirent une bouteille. Avec ce que Gus avait déjà bu chez Peyrot, la fatigue accumulée et le ventre vide, il commençait à ne plus avoir les idées très claires et s'acheminait lentement et sûrement vers la cuite.

– Je me trompe, ou je te sens un peu ailleurs en ce moment, lança Abel en faisant tourner son verre vide dans ses mains.

– Fais pas attention, les mois d'hiver, c'est pas ce qu'il y a de mieux pour le moral, tu sais ça aussi bien que moi, pas vrai !

– Sûr, mais ça serait pas aussi un peu ces histoires que tu m'as racontées, qui te tracassent, à propos d'un type qui se baladerait pieds nus dehors… où peut-être bien que c'est autre chose et que tu veux pas m'en parler.

– Y a qu'une chose qui me tracasse vraiment, c'est la pluie, quand elle vient pas l'été ; tout le reste, c'est que des trucs sans conséquences auxquels on s'est toujours adaptés et qui finissent par être recouverts par d'autres qui n'en ont pas plus au final.

– J'aimerais que tu dises vrai, dit Abel pensif.

– J'ai pas dit que c'était la vérité, je dis juste que c'est la mienne.

– J'ai bien compris.

À ce moment-là, Abel piqua du nez au-dessus de son verre, comme s'il pensait y trouver le genre de vérité dont parlait Gus, un peu à la manière d'un oracle. Gus ne dit pas un mot, sentant que des pensées venaient de s'inviter à l'improviste dans la caboche de son voisin, et des pas agréables, à en juger par sa tête baissée et sa mine d'animal blessé. On ne distinguait plus ses yeux, juste ses sourcils, des broussailles d'aubépine tout emmêlées, qui bataillaient au-dessous de son front plissé. Son regard ne quittait pas le fond de son verre, comme s'il attendait toujours que quelque chose en sorte. Puis il dit :

– Tu sais quoi ?

Gus ne répondit pas. De toute façon, Abel ne semblait pas attendre de réponse et il poursuivit en se parlant plus à lui qu'à l'homme se trouvant dans la même pièce que lui, ni même à quiconque.

– C'est un drôle de cadeau, la vie… ça se refuse pas, n'empêche, on se demande parfois si y aurait pas mieux à faire que de l'ouvrir sans savoir ce qu'il y a dedans.

– Je sais pas, répondit Gus, sans comprendre ce qu'Abel essayait de lui dire.

– Je crois que je t'ai jamais parlé de ma femme qui est partie.

– Non, mais, c'est peut-être des choses personnelles dont il est pas nécessaire de parler.

– T'inquiète, je vais pas t'embêter avec ça.

– Tu m'embêtes pas, dis Gus en remplissant de nouveau le verre d'Abel.

– Je trouve que tu mens bien souvent ces temps-ci, et que t'es pas vraiment doué pour ça.

– Depuis quand tu es dans ma tête ?

– Te fous pas de moi, en plus ! Qui aurait envie qu'on lui parle d'une morte qu'il a pas connue ?

– Arrête, tu veux ! Si tu as envie de m'en parler, tu le fais et je t'écouterai, parce que je peux pas faire plus… et t'as pas à me le reprocher.

– Bon, on va pas se bigorner pour des choses qui me regardent juste moi. Ça tient toujours pour ce soir ?

– Évidemment.

Abel but son verre d'un trait et se leva. Il se tenait face à Gus, tout raide, comme une espèce de bestiole qui ne voudrait pas être repérée dans un décor hostile, puis il planta ses yeux dans ceux de Gus après un silence qui ne rendait service à personne et il dit :

– Tu veux que je te dise vraiment le fond de ma pensée ?

– Je t'écoute.

– Le diable, il habite pas les enfers, c'est au paradis, qu'il habite.

Abel sortit là-dessus, en laissant sa réflexion se balader dans la pièce, tel un chien qui aurait perdu son maître. Le genre de truc qu'on balance en sachant que ça fera son chemin à coups de hache.

10

Une fois qu'Abel fut parti et qu'il eut repris ses esprits, Gus se soucia de ne pas voir Mars traîner dans le coin. Il sortit pour l'appeler, s'attendant à ce que le chien rapplique avec ses oreilles se balançant comme des gants de toilette sur un fil à linge par grand vent, mais ça non plus, ça ne se passa pas de la sorte. Gus se rendit dans la grange, là où Mars avait l'habitude de se reposer, et il le trouva bien à cet endroit-là. En s'approchant de l'animal, Gus s'aperçut qu'il tremblait au milieu du foin. Mars ne daigna pas se lever pour faire la fête à son maître, il redressa la tête avec difficulté, regardant en direction de Gus avec des yeux vitreux, comme un aveugle évaluant une source sonore dans les ténèbres.

Par le passé, Gus avait déjà vu un animal en détresse, un jour qu'il était parti couper de l'herbe avec son tracteur et sa barre de coupe fixée sous le marchepied et branchée sur la prise de force. Il avait presque fini de faucher et faisait le tour de la parcelle, passant le plus près possible des arbres en bordure, pour ne rien perdre, étant donné que l'herbe, dans les Cévennes, c'est un peu comme de l'or. À un moment, Gus avait senti une résistance et entendu un cri ressemblant à celui d'un enfant. Une fois le tracteur stoppé et la barre de coupe relevée, il était descendu du siège. Au milieu de l'herbe coupée, il y avait ce faon qui essayait de se relever et qui n'y arrivait pas. Du sang tachait l'herbe sur un bon mètre carré tout autour de lui. Ce n'était pas un spectacle beau à voir. L'animal avait dû prendre peur à cause du bruit du moteur et s'était caché en attendant que tout redevînt normal, pensant qu'il ne pouvait pas être repéré dans les herbes hautes. Il devait être bien trop paralysé par le manège de l'engin pour envisager la fuite. Quand la barre de coupe était passée à l'endroit où il se trouvait planqué, les lames lui avaient cisaillé les deux pattes arrières, aussi facilement que des poils de barbe avec un rasoir affûté.

La scène avait soulevé le cœur de Gus. Le faon semblait pleurer, vraiment pleurer. Ni l'homme ni l'animal ne paraissaient en mesure de faire quoi que ce soit pour changer le cours des choses. Finalement, Gus avait pris le faon dans ses bras et attendu qu'il meure, parce que c'était tout ce qu'il pouvait faire, l'accompagner au moment de passer de l'autre côté. Le plus difficile à supporter avait été le sang qui n'arrêtait pas de gicler des coupures, comme des fuites d'huile sortant de durites sectionnées. L'animal s'était vidé en quelques minutes. Gus l'avait senti partir tout doucement, jusqu'à ce qu'il ne tremble plus et qu'il ne pleure plus, et qu'il finisse par mourir. Gus était resté agenouillé un bon moment dans l'herbe fraîchement coupée, impuissant et aussi con qu'un être humain peut l'être, avec le faon mort dans les bras et le pantalon tout taché de sang, et la chemise aussi. Il avait parlé au cadavre, comme si le faon pouvait l'entendre dans une autre dimension que celle des vivants. Il lui avait dit qu'il était désolé, qu'il n'avait jamais voulu ce qui était arrivé, qu'il fallait lui pardonner, que, s'il avait su ce qui allait se passer, il aurait préféré laissé pourrir son foin sur pied.

Puis, Gus avait récupéré les deux pattes coupées gisant dans les dactyles, avait saisi le faon, était remonté sur son tracteur avec le corps sans vie sur ses cuisses, puis s'était mis en route vers la ferme.

Une fois arrivé aux Doges, il avait enterré le faon dans le jardin, en disant deux ou trois mots de nature à lui rendre un dernier hommage. Ce n'était certainement pas ce que tout le monde aurait fait. C'était ce que Gus avait fait, sans se poser de question.

À observer Mars souffrir, Gus ressentait la même impression qu'avec le faon découvert dans l'herbe des années plus tôt. Il ausculta méticuleusement le chien, pour voir s'il n'était pas blessé. Il ne remarqua rien d'anormal. Il essaya de le faire tenir sur ses pattes en le soutenant, mais celles de derrière n'étaient pas décidées à suivre le mouvement de celles de devant. Mars ne semblait plus avoir de forces. On dit que les tiques peuvent transporter un genre de maladie qui tue à petit feu, mais en cette saison, il y avait autant de chances de tomber sur une tique dehors que sur un phoque en plein désert. Gus évalua de plus près la blessure que le chien s'était faite en se bagarrant dans la forêt. Elle était désormais en voie de cicatrisation, à moins qu'une saloperie en ait profité pour pénétrer dans la plaie avant qu'elle ne se referme. Aussi peu probable que l'histoire de la tique.

Comme Gus ne savait pas quoi faire pour soulager Mars, il lui apporta du lait et de l'eau. Le chien ne fit même pas mine de renifler au-dessus des gamelles remplies. Il avait apparemment juste envie de se reposer. Gus se dit alors qu'il aviserait le lendemain et que, si Mars n'allait pas mieux, il descendrait chez Abel, pour téléphoner au vétérinaire, puis il quitta la grange en verrouillant la porte pour que les courants d'air n'entrent pas. Avant de laisser Mars seul, il lui dit que c'était un bon chien, qu'il fallait qu'il tienne le coup, des mots identiques à ceux qu'il avait servis au faon en train de crever.

Gus n'avait pas vraiment le cœur à rendre visite à Abel, mais comme ils s'étaient entendus pour le soir, il se fit violence, pensant aussi que ça lui ferait du bien, plutôt que de ruminer seul des idées lugubres revenant sans cesse à la manière de l'herbe qui se couche sous les pieds et qui finit toujours par se redresser.

Il bourra le fourneau de la cuisinière avec autant de bûches qu'il pouvait en contenir, afin qu'il fasse encore chaud dans la maison quand il rentrerait de sa virée. Il savait qu'il n'aurait pas envie de se coucher et qu'il traînerait un bon moment en attendant que le sommeil arrive. Ça au moins, c'était une certitude.

Abel avait bien fait les choses. Quand Gus entra, le couvert était mis et Abel avait versé du vin dans deux verres. L'un des deux était presque vide et ne laissait planer aucun doute quant à la place que devait occuper l'invité.

– Ça me fait rudement plaisir que tu sois venu, dit Abel, visiblement sincère et plein d'allant.

– Tu en doutais ?

– Un peu.

– Ben, tu vois, ça me fait bien plaisir à moi aussi d'être là.

– On va tout de suite trinquer aux choses qui devraient jamais changer, tu veux bien ?

– Il me semble que c'est ce que t'as dit de plus sensé depuis longtemps, dit Gus en levant son verre.

Les deux hommes burent une longue rasade, puis Abel fit claquer sa langue contre son palais, avant de dire :

– Je suppose que je mérite ta réflexion.

– Fais pas attention, j'ai pas trop la tête aux légèretés en ce moment.

– Toujours tes histoires ?

– Non, cette fois, c'est Mars qui me fait du souci, je crois qu'il est malade.

– Te bile pas, ce genre de bestiole a la peau raide…

– Tu as raison, je dois me faire du mauvais sang pour rien.

– Bien sûr que j'ai raison, tu verras que demain tout ira mieux.

Abel appuya sur le « tout » plus que de raison, comme s'il voulait enfoncer un pieu avec un seul coup de masse.

– Ouais, se le dire, c'est déjà faire un pas dans la bonne direction, répondit Gus, pas vraiment convaincu.

– À la bonne heure, ça c'est le Gus que j'aime, celui qui va de l'avant. On va se faire un repas de roi. Regarde-moi ça ! J'ai fait rissoler des patates dans de la graisse d'oie, avec de l'ail et du persil, et j'ai sorti huit beaux œufs pour faire une omelette du tonnerre.

Tout en observant Abel, Gus pensa que les choses changeaient décidément bien vite, dans un sens ou dans un autre, parce que c'était la première fois qu'il le voyait se mettre en cuisine. D'habitude, Abel aurait ouvert un bocal de rillettes, sorti une miche de pain et puis du vin, et les deux hommes se seraient débrouillés avec.

– Je peux te poser une question ? demanda Gus, pendant qu'Abel cassait les œufs au-dessus d'un bol en faïence, en en cognant un contre un autre.

– Si c'est dans mes cordes, je te répondrai.

– Je sais plus quoi penser tout de suite. Hier, tu me fais comprendre que je suis pas le bienvenu chez toi, et ce soir tu me prépares un repas comme tu m'en as jamais préparé depuis vingt ans qu'on se fréquente. Il s'est passé quoi entre les deux ?

Abel se tourna alors vers Gus et ce dernier n'aima pas ce qu'il décelait sur le visage qui lui faisait face, comme un défi.

– T'en as déjà pincé pour une femme, toi ? questionna Abel avec un fond de gravité.

– Qu'est-ce-que tu me demandes, là ?

– C'est pourtant pas bien compliqué, comme question. T'as déjà été amoureux ?

– Et d'après toi, j'aurais envie d'aborder ce sujet-là avec toi ?

– Je vois pas où serait le mal.

– C'est pas de mal qu'on parle, mais de gêne.

– T'es d'accord avec moi, qu'on se connaît suffisamment pour pouvoir parler de ces choses sans qu'il y ait de gêne entre nous.

– C'est pas la question.

– Tu sais quoi, Gus, moi je crois qu'on peut pas passer une vie sans avoir connu de femme, vraiment connu, je veux dire.

Le ton qu'employait Abel devenait de plus en plus sérieux, comme s'il avait besoin de parler et qu'on lui renvoie la balle de temps en temps, pour parvenir au bout de son idée.

– Mettons que justement, tant qu'on n'en a pas connu, on n'a pas à vivre avec la comparaison, répondit Gus.

– Sûr que de ton point de vue, ça se défend, mais je t'assure que tu passes à côté d'une chose que tout homme devrait vivre au moins une fois dans sa vie… à moins que je sois pas au courant de tout.

– De quoi tu me parles, là, de culbuter une femme, c'est ça ? Si c'est le cas, t'en fais pas pour moi, je me débrouille, dit Gus qui montait dans les tours.

– T'emballe pas, Gus. Je parlais pas juste de gaudriole, mais aussi… d'attachement… tu vois ?

– Non, je vois pas où tu veux en venir. C'est pourtant pas dans tes habitudes d'être autant dans le vague.

Ce que ne savait pas Abel à ce moment-là, c'était que le souvenir d'une fille tenait Gus en joue depuis longtemps. Elle s'appelait Anna et Gus penserait probablement à elle jusqu'à la fin de sa vie.

Ils avaient grandi ensemble, en quelque sorte, à peu de distance, et d'une certaine façon, il en avait conçu sa propre évolution vers l'âge adulte. La ferme des parents de la jeune fille était située à deux kilomètres de celle de Gus. Une distance qu'il parcourait souvent, pour aller se planquer derrière un tronc d'arbre, un mur, n'importe quoi, du moment qu'il pouvait l'apercevoir, même dix secondes. Plus d'une fois, les larmes lui étaient montées aux yeux en l'observant étendre du linge, avec le soleil complice, qui effaçait la robe de la fille, donnant à voir ce qu'un homme passe sa vie à vouloir posséder. Et lorsqu'il retournait chez lui, avec ce bonheur douloureux au fond du ventre, il se demandait à chaque fois pourquoi Dieu aurait placé cette créature sur sa route, si ce n'était pas pour qu'elle lui appartienne un jour.

Il y avait eu ce samedi soir. Le comité des fêtes avait fait installer un petit chapiteau sur la place du village, pour qu'on puisse danser. À dix-huit ans, Gus allait au bal pour la première fois. Il avait payé son billet d'entrée à un gros type ruisselant de sueur, qui n'était ni plus ni moins que le président du comité des fêtes, et que tout le monde appelait « Bedaine ». Gus avait tendu son avant-bras sur l'injonction peu aimable de Bedaine, qui lui avait tamponné une forme géométrique indéterminée, pour le cas où il voudrait sortir, sans avoir à repayer pour entrer de nouveau. « Vous me reconnaîtrez bien », avait dit Gus, et Bedaine de répondre que c'était pas la question, juste un principe qui valait depuis toujours.

Gus s'était avancé sous le chapiteau. Un accordéoniste tout sourire jouait sur une estrade en se balançant de droite et de gauche, agrippé aux hanches modulables de son instrument. Il donnait surtout des marches, étant donné que tout le monde était capable d'improviser ce genre de danse, alors que pour la valse et le tango, il y avait un apprentissage indispensable si on ne voulait pas être ridicule et perdre toutes ses chances en écrasant les pieds de sa cavalière. Étaient présents des jeunes du village et des alentours, des couples emmêlés sur la piste, des garçons paradant devant des rangées de chaises sur lesquelles se trouvaient des filles qui attendaient d'être abordées, comme si leur destin se résumait à être le choix d'un de ces gamins qu'elles prendraient alors pour un homme, et que cet ultime privilège pût suffire à justifier une vie entière.

Gus cherchait du regard l'unique personne capable de contredire son propre destin. Anna. Elle était la seule fille qui ne se soit jamais moquée de lui, venant même lui parler à plusieurs reprises, et cela depuis qu'ils étaient ensemble à la communale. Gus s'était endimanché d'une chemise blanche et d'un pantalon de toile trop court retenu par de larges bretelles plaquées sur ses frêles épaules, rien qui n'eût déjà été porté en d'autres occasions nettement moins festives. Il avait tenté de coiffer ses cheveux, sans réellement parvenir à un résultat satisfaisant. Et malgré tous ses efforts, on ricanait à peine en douce à son passage. Rien ne changeait. Gus n'y prêtait aucune attention, concentré sur ce qu'il devait accomplir ce soir-là, voulant croire que sa sincérité suffirait à lui ouvrir les portes du paradis.

Anna était assise. Elle discutait avec quelques copines, riait parfois après avoir levé les yeux sur le cheptel masculin, isolant tel ou tel dans l'enclos d'un regard, puis le relâchant en piaillant, avant de s'intéresser à une autre proie virtuelle aux allures de providence. Gus repassait mentalement un plan réfléchi à l'avance. Il avait dans l'idée de s'approcher discrètement d'Anna et de l'inviter à danser. Pour le reste, il se débrouillerait, persuadé que le plus important était le premier pas et que tout le reste suivrait. Il s'était maintes fois entraîné à tourner sur le sol de la grange, en s'accompagnant du manche d'une fourche. Il était prêt. Ce fut à cet instant qu'un jeune gars viola le champ de vision de Gus et que tout ce qui habitait son avenir disparut ; la cause et le désespoir sous les traits de Jean Paradis, déjà penché sur le visage d'Anna à la manière d'un loup reniflant un agneau. Gus s'était alors approché du couple, pensant que, peut-être, Paradis n'allait pas s'attarder et qu'il irait faire du gringue à une autre fille. Ce dernier était éméché, parlait fort, sûr de lui, large d'épaules, rassurant. Gus supposait qu'il disait des mots qu'une fille avait envie d'entendre, et d'une façon qui ne souffrait aucune contradiction. Puis, Paradis avait tendu une main en direction d'Anna, qui l'avait prise en souriant. Il sembla à Gus qu'elle posait ses yeux sur lui, sans le regarder vraiment, un regard vide de lui quand le sien était rempli d'elle. Il était comme une adventice dans un champ d'orge, une boursouflure anachronique sur l'horizon du temps. Car, c'était bien ce regard vide qui avait contribué à exécuter le cœur de Gus. La jeune fille aurait pu regarder n'importe qui d'autre dans l'assistance, que ça aurait fait l'affaire pareil, juste une question de hasard. Gus avait alors eu la conviction profonde qu'il haïrait désormais tout ce qui entourait le regard de cette fille qu'il aurait voulu aimer à la folie, parce que la haine était au final le sentiment le plus digne de la hauteur à laquelle il avait placé son espoir.

Gus avait eu un mal de chien à regagner la sortie. Une fois à l'extérieur du chapiteau, pendant que les corps se cognaient toujours dans un vacarme d'enfer, il rangea la haine et le désespoir au rang des conceptions naturelles de l'espèce humaine.

Gus n'était jamais parvenu à oublier cette défaite, aussi parce qu'il n'avait pas vraiment combattu. Et les mots qu'Abel prononça en cet instant n'arrangèrent rien :

– T'as réfléchi à ce qu'allait devenir ta ferme quand tu seras plus là ?

– Mort, tu veux dire ? dit Gus en avançant la mâchoire inférieure, comme pour rattraper le mot et l'idée même de ce mot à l'intérieur de sa bouche.

– Ouais, t'as raison, faut appeler un chat un chat.

– Tu es la deuxième personne à te soucier de l'avenir après moi, et je trouve que ça fait déjà deux de trop.

– C'était qui le premier ? demanda Abel, surpris.

– Un banquier qui voulait me prendre mon argent pour le mettre à l'abri, à ce qu'il m'a raconté.

– Il te connaît pas.

– Toi, c'est pas le cas.

– C'est important, je t'assure.

– Et qu'est-ce-que j'en aurai à faire de ce qui se passera quand je serai plus là pour le voir ?

– Si t'avais un héritier, tout pourrait continuer et ton nom se perdrait pas, c'est un peu comme ça qu'on finit par survivre. C'est encore une chose possible, tu sais.

– La meilleure chose qui pourrait arriver, c'est justement que le nom des Targot se perde, vu ce qu'il y aura à en retenir.

– Tu dis des conneries que tu penses pas.

– Si tu me connaissais aussi bien que tu le prétends, tu devrais savoir que je suis pas du genre à parler pour rien dire.

– Sûr. Tu sais quand même qu'il existe des gens capables de te faire rencontrer quelqu'un susceptible de te convenir à toi et à la vie de paysan… évidemment quelqu'une… de plus jeune, vu que c'est dans ce sens-là que ça fonctionne le mieux.

– Tu veux parler des petites annonces du *Chasseur Français* ?

– Non, c'est dépassé, il paraît qu'il y a beaucoup mieux, maintenant, des sortes d'agences qui t'assurent de trouver la chaussure droite qui va avec la gauche.

– Comment t'es au courant de ça, toi ?

– Disons que je m'intéresse parfois à des sujets qui vont au-delà de mes compétences de paysan.

– Putain, Abel, tu vas finir par me mettre vraiment en rogne avec tes sous-entendus, à me dire comment je devrais mener ma vie. Je vais pas te dire ce que tu devrais faire, ou pas, alors, viens pas m'emmerder avec tes idées de marieuse.

– C'était pas mon intention, je voulais juste être certain que t'aies pas de regrets à un moment.

– Si un jour j'ai des regrets, ils seront pas de cet ordre, tu peux en être certain.

– Réfléchis quand même à tout ce que je viens de te dire.

– Il me semble que t'es plutôt mal placé pour me faire la leçon. À ce que je sache, ta ferme à toi, elle va aussi disparaître quand tu seras mort.

Gus laissa sortir le dernier mot sans retenue et appuya lourdement dessus, pensant qu'il annulerait tout le reste de la conversation. Mais, une fois encore, les choses ne se passèrent pas comme il l'imaginait. Abel sembla encaisser le coup durant un court silence, puis but une longue gorgée de vin, comme pour se donner le temps et le courage de rassembler ce qu'il avait maintenant à dire à Gus.

– Je t'ai pas fait venir uniquement pour te parler de toi, mais aussi parce qu'il y a une histoire qui me pèse trop et depuis trop longtemps… Et j'ai bien conscience que c'est pas un cadeau que je vais te faire.

À ce moment-là, Gus comprit qu'il n'était pas près de goûter à l'omelette et qu'il n'avait d'autre choix que d'écouter ce qu'Abel avait à dire. Une chose qui paraissait si grave que rien d'autre ne semblait exister en cet instant.

– Tu dois savoir que j'ai été marié.

– Comme presque tout le monde dans le coin, je suppose…

– Me coupe pas, s'il te plaît. Tu vois Gus, je peux vraiment dire que j'ai connu le bonheur sur cette terre, ça au moins, c'est une chose sûre que personne pourra m'enlever. Elle s'appelait Mathilde, une gentille fille qui habitait à la ferme des Ores. J'étais beau garçon, à l'époque. La Mathilde aussi était sacrément jolie, tu peux me croire. On s'est plu tout de suite. Nos parents ont rien trouvé à redire quand on a décidé de se marier. J'étais quelqu'un de sérieux, avec une ferme qui me reviendrait un jour ou l'autre, vu que j'étais fils unique.

« On s'est vite mariés et, trois mois plus tard, Mathilde était enceinte. On s'était installés ici, avec mes parents, vu que la place manquait pas. Tout se passait plutôt bien entre nous. Ma mère adorait les enfants, alors l'idée de voir de nouveau un petit gazouiller à la ferme, ça la remplissait de joie, même si des fois, elle était un peu envahissante avec ses conseils.

« Mathilde avait beau s'arrondir, elle restait toujours aussi jolie, et même plus à mes yeux. La nuit de Noël, après neuf mois de grossesse, elle m'a réveillé en me disant qu'elle perdait les eaux, que le petit était en train d'arriver, qu'il fallait que j'aille chercher le docteur sans perdre de temps. On n'avait pas encore le téléphone en ce temps-là. Je me suis vite habillé et je suis parti au village avec le Citroën. Je t'assure que j'ai jamais conduit aussi vite de toute ma vie. Arrivé devant chez le toubib, j'ai fait un barouf de tous les diables. Le docteur avait l'habitude des urgences et, quelques minutes plus tard, il me suivait dans son Aronde, avec tout le nécessaire dans sa sacoche en cuir posée sur le siège passager.

« Quand on est arrivés à la ferme, le père était en train de boire du café. Il a fait un signe de la tête au toubib, qui devait vouloir dire bonjour, ou bonne chance, quelque chose dans ce goût-là. On entendait des hurlements qui venaient de la chambre, ceux de ma Mathilde en train de travailler à mettre au monde notre petit. J'ai voulu me précipiter à l'intérieur, mais mon père m'a retenu par le bras en me disant que c'était pas ma place, et le docteur avait l'air d'accord là-dessus. Ma mère était avec Mathilde pour l'aider s'il y avait besoin, vu qu'elle savait comment ça se passait que d'avoir des enfants et qu'aucune femme sur terre ne pouvait oublier les bons gestes à faire dans ce genre de situation. Elle venait parfois à la cuisine pour faire chauffer de l'eau, sans rien dire, et moi j'osais pas lui poser de questions, de peur de lui faire perdre son temps.

« Le calme a fini par revenir, une couche de silence aussi épaisse qu'une éternité. Et puis je l'ai entendu, enfin, ce foutu cri de bébé, comme un bêlement, juste de l'autre côté de la porte. J'ai regardé mon père et je lui ai souri, comme si je venais de surprendre le Père Noël coincé dans la cheminée. Un peu après, le docteur est sorti de la chambre en prenant soin de refermer la porte derrière lui. Il est resté planté sur place, à s'essuyer les mains sur une serviette avec les initiales de Mathilde brodées sur le tissu souillé. Ses mains étaient propres, mais il continuait quand même à les frotter. Ça, en plus de la porte qu'il avait refermée, c'est ce qui m'a fait penser que quelque chose clochait. Je lui ai demandé si je pouvais entrer voir la mère et l'enfant. Il m'a pas répondu tout de suite. Il s'est approché et a posé une main sur mon épaule, puis il a dit qu'il était désolé. Désolé de quoi ? je lui ai demandé. J'avais entendu l'enfant pleurer, donc tout devait aller bien. Il a alors enfilé son habit de docteur, sûrement pour prendre un peu de distance avec ce qui venait de se passer, en prenant soin d'utiliser des mots à lui, qui au bout du compte, signifiaient que Mathilde avait pas survécu à l'accouchement, que le bébé s'était présenté par le siège, et qu'en plus il avait le cordon autour du cou au moment de sortir et qu'il avait dû le ranimer.

« La main du toubib sur mon épaule est devenue aussi lourde qu'un tronc d'arbre, mais j'ai pas flanché, comme un boxeur sonné qui attend que le gong retentisse pour aller s'asseoir dans son coin et que tout recommence comme avant de prendre le coup. Sauf que c'était pas un putain de combat de boxe et que j'ai vite compris que rien pourrait jamais plus être comme avant, parce que c'était pas moi qui l'avais pris ce coup. Mathilde était morte et le petit avait manqué d'oxygène suffisamment longtemps pour que son cerveau ne fonctionne jamais normalement dans le futur. Je venais de tout perdre en quelques minutes et je te jure que j'aurais voulu que la mort me tombe dessus pour pas avoir à vivre ce qui allait suivre ; mais la vérité, c'est que la volonté d'un homme pèse pas lourd devant son destin en marche. »

Il y eut un long silence après le mot « destin », qu'Abel avait laissé traîner dans sa bouche, comme s'il parlait de son pire ennemi. Pendant tout le temps qu'Abel racontait son histoire, il s'était tenu debout, dos à Gus, en tenant toujours un œuf dans chaque main, mais ceux-là, il ne les avait pas cognés et il n'était pas près de le faire, comme si les coquilles pleines du jaune et du blanc à l'intérieur le maintenaient en équilibre. Gus restait silencieux rien, sentant qu'Abel n'en avait pas terminé car, au moment où il s'était arrêté de parler, il y avait ce fils, toujours mal en point dans la chambre, mais vivant, lui. Gus siffla son verre sans s'en rendre compte, puis s'en servit un autre. Ensuite, Abel se retourna, s'approcha de la table, juste en face de Gus, et posa les œufs, qui roulèrent un moment avant de s'immobiliser l'un contre l'autre entre deux lames de bois. Vu de dessus, Gus trouva que les coquilles ressemblaient au début d'un chapelet. C'était sans doute idiot de faire une telle comparaison, mais il ne voulait surtout pas croiser le regard d'Abel, il voulait qu'il parle avant d'être de nouveau capable de le regarder.

Gus comprenait qu'Abel tentait désespérément de se débarrasser de sa douleur, mais il n'avait rien à voir avec ce drame, il était simplement là à écouter un récit tragique et c'était déjà pas mal. Quand Abel reprit, Gus arrêta instantanément de fixer les œufs.

– On te dira qu'il faut prendre la vie comme elle vient… conneries… la vie, c'est elle qui te prend, sans te laisser le choix, et par les couilles, encore. Le temps qui passe fait que la mémoire s'use un peu, mais le problème, c'est qu'elle s'use pas sur les mauvaises choses qu'on a vécues, elle s'attarde plutôt sur les bonnes, plus tendres. C'est pas à toi que je vais l'apprendre. Tu sais, y a pas une journée qui défile sans que je repense à cette nuit, au goût du café que j'ai bu ce soir-là, à l'odeur de l'alcool qui venait de la chambre, et à celle du sang. C'était un peu moi qui avais tué Mathilde, avec cet enfant que je lui avais fait. On avait décidé de l'appeler Thomas…

Abel s'interrompit pour avaler sa salive et reprit :

– C'est la mère de Mathilde qui a voulu s'occuper du petit, moi j'y voyais pas d'inconvénients. De pas l'avoir sous le nez, j'imaginais que ça me ferait moins penser à Mathilde, donc moins souffrir. Si c'est le cas, j'ai bien fait, vu que j'aurais sûrement tué cet enfant depuis longtemps et moi avec. Je sais pas comment il a grandi. J'allais jamais le voir et, à ma connaissance, les parents de Mathilde le sortaient pas souvent de la ferme. Trop de honte, je suppose. C'était bel et bien un morceau de leur fille qu'ils élevaient, mais un morceau qu'était pas normal.

« Quand il a été suffisamment grand, je sais qu'ils l'ont placé dans un institut spécialisé pour le genre de handicap qu'il avait, parce que j'ai dû signer des papiers, vu que j'étais le père. Après ça, j'en ai plus entendu parler. Tu dois penser que je suis un lâche de l'avoir abandonné, et t'as bien raison. C'est exactement ce que je suis. Un lâche. »

Gus ne pensait qu'à foutre le camp dès que possible, mais le récit d'Abel l'avait bien cloué sur place. Ce dernier prit le temps d'avaler de l'air avant de continuer.

– L'histoire aurait pu se terminer de cette façon, y avait suffisamment de mal de fait. Le problème, c'est que ce qu'on fait dans la vie, ça revient en pleine gueule à un moment ou à un autre, surtout quand on s'y attend le moins... et y a environ un mois, j'ai reçu un courrier qui me disait que Thomas était devenu trop violent, qu'ils pouvaient plus le garder à l'institut, qu'il fallait trouver une autre solution, et la première qui leur est venue, c'est que je le prenne avec moi. Les parents de Mathilde sont morts depuis longtemps. Je sais pas ce qui m'a pris de vouloir assumer ce que j'ai pas pu assumer à l'époque.

Abel parlait toujours comme s'il n'y avait personne en face de lui. Les mots qui sortaient de sa bouche en diarrhée, il ne les avait jamais dits à personne. Gus le supposait soulagé, d'une certaine façon, car son visage s'était détendu, au fur et à mesure qu'il parlait. Pour autant, Gus n'était pas tranquille, pensant qu'Abel lui réservait peut-être une autre surprise. Il se leva pour tenter de couper court et il dit :

– On devrait peut-être se la faire, cette omelette, maintenant !

Abel ne répondit pas. Il se dirigea vers la porte de sa chambre et l'ouvrit. Puis il s'écarta pour que Gus puisse bien voir ce qui se tenait dans l'encadrement, et qui semblait ne pas avoir bougé depuis la nuit où sa femme était morte en couches. Le fils d'Abel, debout et immobile.

– C'est bon, Thomas, tu peux t'approcher maintenant, dit Abel sur le même ton qu'il aurait utilisé pour parler à un animal.

Thomas obéit à son père, et s'avança dans la cuisine. Gus était incapable de lui donner un âge. Sa face était toute vrillée, en commençant par sa bouche et ses yeux qui n'étaient pas au même niveau, et son nez décalé du milieu du visage, un nez minuscule comme Gus n'en avait jamais vu. Sûr qu'une vie, à elle seule, ne pouvait pas arriver à fabriquer une horreur pareille. Les événements ne s'étaient pas déroulés comme ils auraient dû, la nuit de l'accouchement de Mathilde, et ils avaient engendré cette créature que Gus prenait pour un monstre. Thomas tenta de propulser un son hors de sa bouche, mais rien ne parvint à sortir, sinon un filet de bave qui se mit à couler au coin de ses lèvres, pareil à du latex s'écoulant d'un tronc d'hévéa blessé. Gus décrocha ses yeux du visage torturé pour se faire une idée d'ensemble et ce ne fut pas une mince affaire. Le fils d'Abel portait un vieux pull déchiré à un coude, un bleu de pantalon trop petit rapiécé aux genoux, et, bon Dieu, il ne portait ni chaussures ni chaussettes à ses pieds étonnamment petits.

– Je te présente Thomas, le fils de Mathilde et moi, dit Abel.

Il lui était visiblement impossible de dire « mon fils ».

– Ah ! fit Gus incrédule, comme s'il se trouvait en présence de l'abbé revenu d'entre les morts.

– Je crois que vous avez failli vous rencontrer, y a pas si longtemps, dans les bois...

– Pourquoi tu m'as rien dit à ce moment-là ? demanda Gus avec de la colère dans la voix.

– Je pouvais pas, je t'assure... j'ai essayé, mais j'ai pas pu.

– Et qu'est-ce que je fais avec ça, moi, maintenant ?

– On peut essayer de s'entendre là-dessus.

– Arrête tes conneries, on s'entendra sur rien du tout.

– Je veux pas qu'on sache que j'ai abandonné cet enfant, tu m'entends ! Même s'il est pas normal. Je suis trop vieux pour le déshonneur et la honte.

– Je le sais bien, moi.

– Toi, c'est pas pareil, t'es pas homme à me juger, pas vrai ?

– Et ça nous mène où ?

– Je voudrais que tu m'aides à m'en occuper.

– Que je t'aide à t'occuper de lui ! dit Gus, comme pour se convaincre qu'il avait bien entendu.

– C'est ce que j'ai dit.

– Tu dérailles complètement, mon pauvre Abel.

– Au contraire, j'ai jamais été aussi sain d'esprit qu'en ce moment, tu peux me croire.

– Nous y voilà. T'avais bien prévu ton coup, mon salaud. T'as juste oublié une chose, c'est que j'ai rien à voir avec vous, et que j'ai sans doute pas cette envie-là.

– On ferait… comme une sorte de famille, reprit Abel sans prêter attention à ce que disait Gus.

– M'est avis que t'es en train de devenir cinglé. Il faudrait que tu te reprennes sans trop tarder, si tu veux pas virer comme ce… ton fils…

– Il est capable de faire n'importe quelle bêtise, sans se soucier des conséquences. Il a le cerveau d'un enfant de cinq ans, qu'ils m'ont dit en me l'amenant. Le corps a poussé à peu près normalement, mais pour ce qui est de la tête, c'est pas la même histoire.

– Je t'aime bien, Abel, mais j'ai aucune envie de t'aider dans cette affaire. Elle te concerne, toi, et personne d'autre.

– Je peux quand même pas l'attacher, t'es bien d'accord là-dessus ?

– C'est pas à moi d'en décider.

– J'ai besoin de toi, Gus, je t'en supplie, dit Abel en élevant la voix et en posant ses deux mains bien à plat sur la table.

– C'est pas mes oignons et ça le sera jamais, répondit Gus en haussant le ton à son tour. Il faut que je te le dise en quelle langue pour que tu m'entendes.

– Tu partages mon secret, maintenant, que tu le veuilles ou non, et rien ne peut plus changer ça.

Gus sentit ses propres idées lui échapper. Tout en parlant, Abel avait planté un doigt dans le vide, à quelques centimètres du front de Gus, comme s'il voulait enfoncer sa façon de voir les choses au plus profond de son cerveau.

– Je dirai rien à personne, mais j'ai suffisamment de soucis, sans m'en rajouter de nouveaux qui me concernent en rien. C'est ton problème.

Sur ces mots, Gus se leva brusquement, en bousculant la table. Les œufs roulèrent du plateau et s'écrasèrent par terre, faisant comme deux soleils éclatés. Durant tout le temps de l'échange, le fils n'avait pas bougé d'un pouce et ce fut comme si le choc des œufs sur le plancher le sortait d'un long sommeil. Il se mit à grogner étrangement, à la manière d'un animal qui se plaint d'une douleur lancinante. Gus n'était pas vraiment rassuré et sentait qu'il fallait quitter la maison au plus vite. Il contourna la table. Abel lui agrippa un bras en disant qu'il ne pouvait pas les abandonner de cette manière. Gus répondit que si, que c'était exactement ce qu'il allait faire et jeta vigoureusement son coude en avant pour se dégager de la prise.

Personne ne pourrait jurer de ce qui passa par la tête de Thomas à ce moment précis. Selon toute vraisemblance, il crut que Gus voulait se battre avec son père, et il se précipita sur l'adversaire, avec ses deux mains en avant qui cherchaient le cou pour étrangler. Il n'était plus tout jeune, mais encore sacrément costaud, en tout cas bien plus que Gus, qui tomba à la renverse sous l'impact. Malgré l'énergie qu'il déployait, Gus n'arrivait pas à se dégager de l'étreinte. Abel se mit alors à tirer son fils en arrière par les épaules, en lui criant de lâcher prise. Les mains se desserrèrent instantanément, et Gus parvint enfin à reprendre sa respiration. Il se tâta machinalement la pomme d'Adam, pour voir s'il n'y avait pas de dégâts, puis se releva et se précipita dehors sans un mot.

11

Gus était rempli de terreur et de fièvre en arrivant chez lui. Il s'était retourné plusieurs fois en marchant, pour voir si on ne le suivait pas, se demandant qui était le plus fou des deux hommes qu'il venait de quitter. Il pouvait admettre que l'arrivée de Thomas n'était pas une bonne nouvelle, mais ne comprenait pas qu'Abel ait pu lui demander de l'aider à faire une chose qui ne pouvait pas se partager, ni même s'envisager. En vérité, si le Thomas était aussi violent qu'on le disait à l'institut où il était enfermé avant, Gus ne voyait pas comment Abel pourrait s'en tirer seul à long terme. En y réfléchissant bien, ce n'était pas si anormal qu'il ait pensé à lui en premier. Abel était perdu, ça oui, mais Gus savait que, si jamais il acceptait de mettre un doigt dans l'engrenage, le bras tout entier allait suivre et qu'il ne serait plus temps de se dégager du piège.

Le problème était que, même s'il venait d'abandonner Abel dans sa ferme avec ce fils, sa vie allait changer. C'était le seul type avec qui il causait, le seul qui pouvait casser sa solitude. Et maintenant que le Thomas venait de débarquer d'une autre planète, il imaginait difficilement continuer à se pointer chez Abel à l'improviste pour boire un coup. Gus aurait toujours l'impression que l'autre ne serait pas loin, prêt à lui sauter dessus, et il n'y aurait personne pour lui sauver la mise.

Ce qui se passait dans le cerveau de Gus semblait rudement compliqué à démêler, en tout cas, pas aussi simple que de fermer une porte derrière soi avec dans l'idée de jamais la rouvrir. Qu'est-ce qui allait se passer s'il laissait Abel seul avec ce fils ? Un jour ou l'autre, il baisserait la garde, Thomas le sentirait et c'en serait terminé d'Abel. Trop vieux pour faire face.

Est-ce que Gus pouvait accepter qu'un tel scénario se produise, en gardant les bras croisés et en se retranchant chez lui comme l'écrevisse qui perçoit des mouvements suspects dans l'eau et se planque sous la berge en attendant que le danger soit écarté ? La situation n'était décidément pas aussi simple qu'il l'avait cru sur le moment, imaginant que le problème resterait sagement derrière lui pour toujours. Bon sang, se dit Gus, Abel, c'était quand même pas n'importe qui. Il était temps de se refroidir la tête et de voir ce qui en sortirait.

Gus se rendit dans la grange. Mars ne bougea pas quand il ouvrit la porte, et pas non plus quand il lui demanda s'il voulait faire un tour. Gus s'approcha et passa une main sur la tête du chien, juste dans le creux qui se trouve entre ses deux oreilles, faisant glisser ses doigts tout doucement dans les poils fins, comme s'il s'agissait d'un peigne, puis appuyant de plus en plus fort avec le bout de ses ongles, jusqu'à les enfoncer dans l'os du crâne. Gus réalisa alors que Mars ne bougerait jamais plus, parce qu'il était mort. Il n'avait pas été là pour tenir son chien dans ses bras quand il était parti, comme il l'avait fait avec le faon blessé. Gus se mit à genoux et posa la tête de Mars sur ses cuisses, sans pouvoir se retenir de pleurer, ses bras pendant le long de son corps dans une posture simiesque, implorant un ciel de poutres emmaillotées de toiles d'araignées poussiéreuses de lui venir en aide. Il n'avait pas été foutu d'être présent quand Mars passait de l'autre côté. Il repensa au regard de son chien, juste avant de le quitter pour se rendre chez Abel, qui lui demandait à coup sûr de rester auprès de lui. Les animaux savent à l'avance ces choses-là, paraît-il ! Et Gus n'avait rien vu venir, ou n'avait pas voulu le voir.

Avant de crever, l'animal avait vomi tout ce qu'il avait dans le ventre, une sorte de soupe grumeleuse, faite de nouilles et de viande pas digérées, et de sang aussi. Gus ne voyait pas où Mars avait pu trouver autant à manger. Il trempa ses mains dans la bouillie et, en repliant ses doigts, il sentit des petits morceaux qui s'accrochaient et s'incrustaient dans sa peau. Il balada ensuite un doigt dans le creux de sa main, comme s'il comptait de la monnaie pour payer ses courses à l'épicerie. Sauf que ce n'étaient pas des pièces qu'il y avait dans sa paume, mais des petits éclats de verre pilé, coupants comme des lames de rasoir. Il n'y avait pas le moindre doute, quelqu'un avait empoisonné Mars avec des bouts de viandes garnis de bris de verre et le chien ne s'était pas méfié. Ça lui avait déchiré l'intérieur, jusqu'à le faire crever dans d'atroces souffrances.

Qui pouvait en vouloir à Gus au point de tuer son chien ? Mars n'était pas du genre à s'aventurer bien loin autour de la ferme sans son maître. Quelqu'un était venu aux Doges, quelqu'un que Mars connaissait forcément. Il semblait ne pas y avoir beaucoup de personnes sur la liste, répondant à ces deux critères : Abel, ou son fils. La coïncidence était plus que troublante. Gus avait beau peser les faits, il n'arrivait pourtant pas à imaginer Abel en train de faire une chose pareille, et le Thomas encore moins capable de préparer un empoisonnement, avec son cerveau de cinq ans, selon les dires de son propre père. Alors, qui d'autre ? Et, si après tout, il ne fallait pas chercher plus loin la vérité ? Une machination destinée à délivrer Gus de l'affection qu'il avait pour Mars, et le diriger vers une autre, toute trouvée. Ce genre de diversion, un plan qu'Abel était certainement en mesure d'échafauder.

Gus sentit la colère monter en lui. Il fallait qu'il en ait le cœur net. Il abandonna Mars dans le foin. Il l'enterrerait à son retour, même s'il devait défoncer la terre gelée à coups de pioche et de barre à mine. Il referma la porte, pour ne pas qu'une sauvagine rapplique en sentant l'odeur de la charogne, puis il rentra dans sa maison et décrocha son fusil de la poutre et le chargea avec des cartouches de chevrotine. Il aurait ainsi de quoi répondre, si jamais il devait se défendre. Après quoi, il but deux verres de gnôle cul sec et sortit.

Lorsque Gus parvint devant la porte d'Abel, il n'y avait pas une seule ampoule allumée et pas un bruit à l'intérieur. La nuit était glaciale, mais Gus ne sentait pas le froid. Il entendait le vent qui se manifestait comme un serpent tournant autour de sa proie en sifflant pour impressionner. Quelques flocons gelés, aussi durs que du plomb, tourbillonnaient et se cognaient contre son visage, semblant pénétrer sous sa peau et voyager en dessous. La douleur était là, plus que jamais. Il se mit à frapper la porte avec la crosse de son fusil en criant, et quelques secondes plus tard, une clef se mit à vadrouiller maladroitement dans la serrure et la porte s'ouvrit.

– T'es pas un peu taré de faire ce raffut en pleine nuit. dit Abel en découvrant qu'il s'agissait de Gus.

– C'est toi qui as empoisonné mon chien, salopard… hein, que c'est toi ?

– Qu'est-ce que tu racontes, t'es pas dans ton état normal, Gus.

– Réponds-moi !

– Tu vas commencer par te calmer et baisser ton fusil. Ma parole, ça devient une habitude chez toi, de menacer les gens…

– Ou alors, c'est peut-être bien ton taré de fils qui a fait ça ?

– Rentre, puisque t'es là. Tu vas enfin m'expliquer ce qui se passe.

Abel se retourna, visiblement pas impressionné, et Gus le suivit à l'intérieur en gardant son fusil en main. Abel devait être couché quand Gus avait tambouriné à la porte, car il portait un pyjama en toile épaisse. Le Thomas était dans la cuisine, tout habillé, lui. Gus le fixa droit dans les yeux, mais l'autre ne semblait pas avoir du tout peur de ce regard, ni de l'arme. La situation avait même l'air de l'amuser. Gus se dit qu'il ne devait pas être au courant du genre de trou que pouvait faire un fusil, et ça ne le rassura guère. Il chassa cette pensée en se tournant vers Abel et en lui reposant la question à propos de son chien, rajoutant les détails sur la mort de Mars : le verre pilé et tout le reste. Abel tomba des nues face aux accusations. S'il jouait la comédie, il le faisait sacrément bien, pensa Gus décontenancé. À ce moment-là, le Thomas se mit à produire des « ouah-ouah », bien imités, en se marrant comme un bossu. Abel lui dit de la fermer, mais l'autre continuait à se foutre manifestement de la gueule de Gus, en passant son pouce sur sa gorge, comme s'il s'agissait d'une lame de couteau, continuant à rire de plus en plus fort et aboyant. Gus avait la sensation que ses tempes étaient prises dans un étau que quelqu'un serrait lentement. Abel s'approcha alors de son fils et lui balança une claque qui aurait mis Tyson KO. L'autre ne broncha pas. Il arrêta de rire tout net, se frotta la joue qui avait pris la gifle et regarda autour de lui, comme s'il cherchait quelque chose de précis qui aurait dû se trouver à portée de sa main. Gus sentit que c'était le moment de partir vite fait avant que les événements tournent au vinaigre, mais il ne bougea pas. Le Thomas s'avança vers la table, attrapa la bouteille vide qui traînait dessus et la balança en plein sur la tête d'Abel, qui se retrouva allongé par terre, sans avoir le temps de réagir. Ensuite, le Thomas se dirigea vers Gus, en aboyant et en tenant toujours la bouteille en main. Gus lui ordonna de reculer, pointant le canon de son fusil en direction de la poitrine de l'assaillant. Abel était toujours à terre et ne bougeait pas. Un filet de sang coulait le long de sa tempe droite, ressemblant à un ver de terre sortant de ses cheveux gris à la recherche d'un abri. Pendant que Gus regardait Abel du coin de l'œil, il ne perdait pas son fils de vue, qui continuait d'avancer sans crainte apparente.

Tout se passa alors très vite. Gus voulut relever son fusil pour faire mine de tirer en l'air, mais au lieu de prendre peur et de reculer, Thomas empoigna les canons en les tirant vers lui, et un coup de feu retentit. Gus crut que toute la maison explosait, tellement la détonation résonna longtemps avant de trouver une sortie. Le Thomas tenait toujours l'extrémité du fusil mais il n'aboyait plus et ne riait plus, et il y avait de la surprise dans ses yeux grands ouverts, un truc qu'il n'avait pas prévu et qui venait pourtant de lui perforer la poitrine. Gus baissa les yeux, à l'endroit où se terminaient les canons de son arme. Le gilet du Thomas était tout rouge, juste au-dessus de son ventre, et du sang sortait à gros bouillons de la blessure, un sang nettement plus liquide que celui qui coulait de la tête d'Abel. Gus supposa qu'il existait plusieurs sortes de sang, ou bien que la constitution variait en fonction des humains. Puis il vit le Thomas glisser et disparaître de son champ de vision, comme un ballon qui se dégonfle, en entraînant l'arme dans sa chute.

Gus demeura longtemps immobile, à regarder les deux corps allongés devant lui.

Quand il se ressaisit, du temps avait passé, des minutes qui avaient peut-être fait la différence entre la vie et la mort. Il s'approcha d'abord d'Abel et le secoua en lui parlant. Le corps était mou comme une chiffe. En plus du coup porté par son propre fils, sa tête avait manifestement heurté violemment un des coins de la table, à en croire la petite tache de sang presque sèche maculant un des angles du plateau. Gus chercha le pouls sur un poignet, mais ne sentit aucun des à-coups que le sang fait quand il s'en va et revient, quand le cœur bat bien comme il faut dans sa cavité. Il tenta sa chance avec l'autre poignet puis sur la gorge, en posant deux doigts autour de la pomme d'Adam de son vieux complice, sans plus de résultat. Il ne semblait pas y avoir grand doute. Abel était bel et bien mort.

Pendant ce temps, le Thomas se tordait toujours de douleur en faisant des bruits bizarres. Il tentait encore d'aboyer sans y parvenir, puis il arrêta de se tortiller d'un coup et se raidit, comme s'il venait de prendre une décharge de 380 volts. Des bulles de sang apparurent au coin de sa bouche et sa tête bascula sur le côté. Gus était dans l'incapacité de réagir. Ce qu'il savait, en revanche, c'était que sa vie était foutue et ce qu'il imaginait qu'elle allait devenir ne lui plaisait pas du tout.

Il n'y avait maintenant plus un bruit dans la maison, à part le tic-tac de la pendule accrochée au-dessus du buffet de la cuisine, que Gus avait d'abord confondu avec les battements de son propre cœur. Il jeta des regards autour de lui. Tout était en place à hauteur d'homme. C'était une sensation étrange, que d'imaginer que rien ne s'était passé à ce niveau-là, rien de grave, rien d'irrémédiable. Il se dit que ça irait probablement encore mieux en fermant les yeux, que ça ferait tout disparaître, et même en sorte que ça n'ait jamais existé. Sauf que, quand il rouvrit les yeux, il y avait toujours les deux corps étendus sans vie, deux gros copeaux de viande sanguinolents qui ne bougeaient plus et ne bougeraient plus jamais.

Gus fit un effort désespéré pour se concentrer et réfléchir à la manière dont il pourrait se sortir au mieux de cette situation, mais aucune solution ne lui apparut. Alors, il laissa tout en plan et rentra chez lui.

Deux hommes étaient morts et il en était en partie responsable. Pourtant, il ne ressentait pas vraiment de panique, il avait plutôt l'impression honteuse d'avoir commis une grosse bêtise, sans aucune commune mesure avec la fin de deux vies.

La seule chose qui lui importait en remontant le chemin du Braque, c'était d'enterrer Mars au milieu de la nuit.

En arrivant aux Doges, Gus alla chercher une pioche et une pelle dans la remise, et aussi une lampe électrique. Il marcha ensuite jusqu'au petit bois qui se situe derrière l'étable, là où les cèpes à tête noire poussent si bien en septembre. La lune était enfoncée dans le ciel, tel un bouton tout rond piqué sur un gilet de laine noir chiné. Gus sentait des reflux dans son ventre qui lançait des signaux de détresse, comme si quelque chose se détendait à l'intérieur. Il dégrafa les boutons de sa braguette et se mit à pisser. En s'écoulant, l'urine faisait fondre la neige à la manière d'un acide, avec le même bruit que fait l'huile quand elle crépite dans une poêle brûlante. Lorsque Gus en eut terminé, la sensation de réintégrer son corps l'envahit et il prit conscience que, désormais, rien ne pourrait contrarier cet état du monde.

Il accrocha la lampe à une branche de bouleau, décapa la couche de neige sur quelques mètres carrés, avec sa pelle. Il testa ensuite le sol avec le côté pointu de la pioche, à petits coups répétés, pour trouver l'endroit le moins gelé, et se mit à creuser. Il peina sur une dizaine de centimètres, puis le tranchant s'enfonça facilement dans la croûte. Quand le trou fut suffisamment large et profond, Gus alla chercher Mars dans la grange. Le cadavre était devenu aussi raide qu'un madrier. Il le transporta dans ses bras jusqu'au bosquet, et le fit glisser dans le trou. Mars dégringola tout au fond, et se retrouva coincé dans une position improbable dont il n'aurait jamais à se plaindre. Des dents pointues dépassaient de ses babines et brillaient, fabriquant presque un sourire dans sa bouche figée. Gus ne s'attarda pas sur cette vision et entreprit de recouvrir le cadavre de terre, tout en disant la seule prière dont il se souvenait, en haletant : le Notre Père. Il tenta un Je vous salue Marie, mais cala en plein milieu. Seule la fin lui revint en mémoire : Maintenant et à l'heure de notre mort, et il ajouta : « Adieu camarade, tu vas sacrément me manquer. »

Gus fut assailli par la peine devant la tombe rebouchée. Il tapota la terre fraîchement remuée avec le dos de la pelle. Il ne planta pas de croix dessus, en pensant que nul dieu ne devait avoir de signification pour un chien et inversement, même s'il se souvenait avoir un jour entendu le pasteur dire à l'office qu'aucun oiseau ne peut tomber du ciel sans que Dieu ne le voie. Encore une sacrée belle connerie, que personne de vivant n'était en mesure de contredire.

Lorsque Gus se fut recueilli silencieusement au-dessus de la tombe, il entra dans sa maison. Il faisait un froid à fendre les pierres, mais il n'alluma pour autant pas de feu. L'idée de ne pas souffrir, d'une manière ou d'une autre, lui était insupportable. Il s'assit en attendant le jour pour retourner chez Abel, persuadé qu'on l'avait également dépossédé de ce choix-là.

12

Le jour se levait. Gus s'était finalement endormi sur une chaise et sa tête reposait sur la table de la cuisine. Au réveil, il ne sentait plus ses pieds, engourdis par le froid et l'humidité, étant donné qu'il n'avait pas pensé à poser ses souliers trempés depuis la veille. La situation s'améliora partiellement quand il se mit debout et commença à marcher dans la pièce, à la manière d'un cheval faisant des gammes dans un manège. Il n'avait ni l'envie ni le temps de se changer. Il s'approcha de l'évier de la cuisine, ouvrit le robinet et s'envoya de l'eau sur le visage avec ses deux mains ouvertes. Le liquide glacé lui fit l'effet du vitriol, comme si sa peau était faite d'écailles en train de se décoller à chaque impact.

Une fois dehors, Gus siffla Mars par habitude, mais l'animal ne vint pas se coller aux basques de son maître, et la confrontation brutale avec la réalité accentua un peu plus son désarroi. Il lui semblait qu'il faisait moins froid qu'à l'intérieur de la maison. Il avait la sensation que sa tête buttait contre les nuages, tellement ils étaient bas, et qu'ils essayaient d'expulser des petits flocons tout biscornus, des gros et des moins gros allant se poser délicatement au sol sur la couche de neige déjà formée, sans que rien de vivant ne soit responsable de ce mouvement-là.

Le fusil calé contre son dos, Gus descendit le chemin du Braque au plus vite. En arrivant chez Abel, Il prit un temps avant de pousser la porte, comme si l'attente pouvait changer quelque chose à ce qu'il y avait derrière. Quand il se décida à entrer, les deux corps étaient toujours là, dans la même position que la veille. La scène et le silence oppressant auraient pu être de nature à faire sombrer Gus dans une forme de terreur, mais les rouages de son cerveau étaient déjà en marche, ses gestes respectant la moindre des choses qu'il avait décidées durant la nuit et révisées tout au long du trajet. Il essuya son fusil avec un mouchoir, pour qu'on ne retrouve pas ses empreintes dessus. Il eut des difficultés à positionner l'arme dans les mains d'Abel, tant le corps était devenu rigide. Gus se dit qu'ainsi, on croirait qu'Abel avait tiré sur son fils et l'avait tué et que, dans la bagarre, il s'était cogné la tête contre une arête de la table, en plein sur la tempe. Un tragique enchaînement de petits accidents qui en avaient entraîné un grand. Il réfléchit ensuite à tous les objets qu'il avait touchés, la chaise qu'il avait utilisée, le verre dans lequel il avait bu, et entreprit de les frotter avec son mouchoir. Par précaution, il passa un coup sur la table et la poignée de la porte d'entrée. Puis, il chercha où Abel pouvait bien planquer son fusil. Il finit par le trouver dans la chambre, reposant contre la tête du lit, se souvenant qu'Abel lui avait raconté qu'il le tenait toujours chargé près de lui, pour le cas où un loir viendrait le narguer en pleine nuit.

Jamais il n'avait cru à cette histoire ; la présence de l'arme était certainement faite pour dissuader les fantômes qui devaient rendre visite au vieil homme pendant la nuit, tout du moins tenter de les tenir à distance. Gus se libéra de ses pensées et poursuivit la mise en pratique du plan qu'il avait conçu. Qui saurait que c'était l'arme de Gus qu'Abel cramponnait en cet instant ?

Gus s'attarda dans la chambre, sans réellement comprendre ce qui l'attirait. Les peluches aperçues lors de sa première visite étaient toujours posées sur une chaise, avec leurs yeux brillants, semblant suivre le moindre de ses mouvements. Personne ne lui avait jamais acheté de telles babioles quand il était petit, ou peut-être qu'il ne s'en souvenait pas et qu'elles avaient fini à la poubelle, ce dont il tenta de se convaincre un court instant. Près du lit, il y avait une table de chevet sans rien dessus et rien dans les tiroirs non plus. Tout ce que Gus touchait, il le faisait en utilisant son mouchoir pour ne pas laisser d'empreintes. En face du lit, une grande armoire s'élevait presque jusqu'au plafond. Gus en ouvrit les deux battants. L'intérieur était garni de linge : des draps, des chemises et même une pile de napperons rudement bien ouvragés qui, à eux seuls, baladaient une époque où les femmes prenaient du temps pour cette sorte de belle inutilité. Gus remarqua également un petit coffre en bois, posé sur l'étagère la plus basse. Il hésita à jeter un coup d'œil à l'intérieur, puis se dit que fouiller les affaires d'un mort ne prêtait plus à conséquence, que ça ne pouvait plus porter tort à quiconque. A ce moment-là, il était loin de se douter que ce qu'il allait découvrir à l'intérieur l'accompagnerait le reste de sa vie, avec encore plus de force que tout le reste.

En soulevant le couvercle, Gus découvrit une photo toute craquelée, avec dessus, quelqu'un qu'il connaissait bien et qu'il n'avait jamais vu aussi jeune et souriante, presque belle. Quelqu'un qui avait été sa mère, sans aucun doute possible. À l'intérieur du coffre, il découvrit aussi un petit bracelet en tissu bleu, juste assez large pour mettre autour de la patte d'un oiseau, et « Gustave Targot » dessus en lettres d'imprimerie. Le cœur de Gus s'emballa, comme s'il était sur le point de faire un trou dans sa poitrine pour sortir chercher plus d'air au dehors. Il attendit que la sarabande infernale se calme un peu avant de saisir les derniers objets gisant dans le fond du coffre tels des corps endormis. Deux lettres soigneusement conservées, que Gus déplia, puis lut en sachant très bien que les mots écrits dessus allaient enfoncer encore un peu plus le clou de sa misère. La première était une lettre d'amour, comme il n'aurait jamais pensé que sa mère fût capable d'en écrire, et la seconde, une lettre de rupture, de la même main, et tout aussi bien tournée que la première. Ces deux mêmes lettres qu'Abel avait lues et relues sa vie durant, sur lesquelles il s'était usé les yeux et certainement plus. Gus fut pris de vertiges, il lâcha les lettres, qui semblèrent glisser sur un toboggan invisible, avant de disparaître de son champ de vision.

Il était le fils d'Abel, et du coup, il comprenait pourquoi ses parents l'avaient autant détesté et pourquoi ils se haïssaient. Son père, parce qu'il devait savoir qu'il élevait un bâtard, et sa mère, parce que son fils lui rappelait sans cesse ce qu'elle avait fait et probablement aussi, pas osé faire. Gus imaginait ce qui avait bien pu germer dans la tête d'Abel, après la mort de sa mère, l'idée que ce fils illégitime, mais normal, celui-là, se rapproche de lui, d'une façon ou d'une autre.

Gus crut d'abord rêver, en entendant des coups sur la porte d'entrée. Il lui fallut du temps avant de réaliser que c'était bien la réalité et pas le fruit de son imagination. Sa première réaction fut de se dire qu'il était perdu si quelqu'un entrait dans la pièce où gisaient les deux cadavres. Il se précipita à la fenêtre pour voir qui frappait. De son poste d'observation, il distinguait le bolide aperçu sur la place du village, garé dans la cour. Putain de suceur de bible! Gus se dit qu'il fallait qu'il s'en débarrasse d'une manière ou d'une autre.

Il retourna dans la chambre chercher le fusil d'Abel et le déposa à portée de main, contre la cloison, derrière la porte d'entrée. Il craignait que ce soit l'évangéliste de l'autre jour. Ce dernier le reconnaîtrait alors et ne comprendrait pas ce qu'il faisait chez Abel. Gus jeta un coup d'œil à l'arme et entrouvrit la porte. Il fut soulagé de constater qu'il s'agissait d'un autre suceur de bible, venu seul et visiblement pas là pour le convertir aux évangiles. On lui donnait la quarantaine à tout casser. Gus ne prit pas le temps de détailler son visage, mais remarqua tout de même l'anneau qui pendait à son oreille gauche, avec une croix accrochée dessus qui ressemblait à un vautour posé sur une balançoire. Le type portait des bottes de neige et un manteau avec de la fourrure intérieure qui dépassait du col. C'était idiot de se laisser aller à des idées pareilles, mais Gus se dit que peut-être, dans une autre vie, il pourrait se payer une telle veste.

– Excusez-moi de vous déranger, je suis à la recherche de Gustave Targot, dit le type.

Gus sentait une certaine méfiance dans sa voix, comme quand quelqu'un se retrouve quelque part et qu'ailleurs lui conviendrait mieux.

– Alors vous êtes pas au bon endroit, il habite pas ici, répondit Gus avec autant de fermeté qu'il pouvait en dénicher en lui en cet instant.

– Je sais où il habite, on m'a renseigné, mais il n'y a personne chez lui, alors je me disais…

– Qui vous a renseigné ?

– Un homme qui descendait la route qui mène jusqu'à la ferme de Targot.

– Et il était comment cet homme ? demanda Gus, intéressé par l'identité du mystérieux visiteur.

– Je crois bien que je n'en ai jamais vu d'aussi large.

Gus accusa le coup. Il n'y avait qu'un seul homme de cette corpulence, et il ne faisait aucun doute qu'il s'agissait de Jean Paradis. Qu'est-ce-que cet enfoiré faisait à cet endroit-là à ce moment-là ? Il revenait forcément des Doges et, à part un mauvais coup, que serait-il venu trafiquer ? Certainement pas parler, car Gus avait été très clair lors de leur conversation chez Peyrot. L'empoisonnement de Mars, c'était le genre de saloperie dont était capable Paradis, pour se venger de l'affront subi au bistrot. Gus réalisa alors qu'il s'était probablement trompé sur toute la ligne en accusant Abel à tort. Pour l'heure, le plus compliqué était de garder son sang-froid, étant donné qu'il y avait deux macchabées allongés derrière lui, à cinq mètres à peine, et que l'un d'eux était son vrai père et l'autre son demi-frère. Il reprit partiellement ses esprits et dit :

– Je sais pas où il est, celui que vous cherchez.

– Dommage.

– Pourquoi vous en avez après lui ?

– Je souhaiterais lui poser quelques questions.

– Je le connais bien et je peux vous garantir qu'il est pas homme à répondre à celles d'un étranger.

– Quelque chose me dit qu'il sera pourtant obligé de le faire.

– Vous avez l'air bien sûr de vous ?

– Je vous remercie de votre coopération. Peut-être à une autre fois, dit le type, manifestement pressé de couper court à la conversation.

– Ça m'étonnerait fort.

– La parole de Dieu est aussi pénétrante qu'une épée à deux tranchants. Elle discerne les pensées et les intentions du cœur et il n'y a aucune créature qui soit cachée de lui.

– Vous avez pêché ça dans la bible, je parie. Des paroles comme celles-là n'ont jamais mené personne à rien de bon. C'est ce qu'on fait qui décide, pas ce qu'on dit…

– J'imagine que c'est l'expérience qui parle.

– Appelez ça comme vous voulez. À mon âge, j'ai appris à plus pisser contre le vent et m'est avis que vous gagneriez du temps à soulever des pierres et à parler aux arbres, vous auriez plus de chance d'être entendu. Le… Gus, c'est pas par ici qu'il faut le chercher. Je vous conseille plutôt de le laisser tranquille. De toute façon, vous lui décrocherez pas deux mots.

– C'est une affaire entre lui et moi.

– Ce que vous auriez de mieux à faire, c'est de repartir d'où vous venez et de rentrer chez vous bien au chaud, mais c'est pas ce que vous allez faire, pas vrai ?

– On ne peut rien vous cacher.

– Prenez quand même le temps de réfléchir à ce que je viens de vous dire... La vie, c'est pas ce qu'on peut lire dans vos livres.

– Je vous remercie du conseil.

– Me remerciez pas, j'imagine que vous avez mieux à faire qu'interroger un vieux fou qui sait rien de ce que vous voulez savoir et qui vous donne des conseils que vous suivrez manifestement pas.

– Au revoir M. Dupuy.

– Pardon ?

– Dupuy, c'est bien ainsi que vous vous appelez ?

– Sûr, mais pour tout le monde, je suis Abel.

– Évidemment.

Gus referma la porte au nez du type. Posté derrière une fenêtre, il le regarda s'éloigner, monter dans sa voiture, démarrer et partir, puis attendit quelques minutes avant de sortir en portant le fusil d'Abel. Il n'aimait pas la façon dont l'évangéliste avait dit « évidemment », sans desserrer les dents, ni son regard, celui d'un homme qui justement vient de soulever une pierre, et certainement pas une de celles que Gus lui avait conseillé de basculer. Ce genre de type était capable d'écouter et, sans avoir l'air d'y toucher, de balancer la question qu'il avait en tête depuis le début. Il faisait penser à un de ces fouineurs qu'on voit dans les feuilletons télévisés et qui finissent toujours par deviner ce que les gens pensent. Sauf que Gus ne voyait pas ce qu'il y avait à deviner. Au moins, il avait gagné du temps et il était clair que l'évangéliste ne l'avait pas reconnu. Gus avait joué son rôle au mieux, en essayant de noyer le poisson pour que l'autre ne se doute de rien, mais il avait pourtant la désagréable sensation que le suceur de bible n'allait pas en rester là, que c'était pas la dernière fois qu'il le voyait, même s'il pensait avoir été crédible en endossant l'identité d'Abel.

Les choses se compliquaient pour Gus. Un témoin l'avait maintenant vu chez Abel, et il serait bien en peine de donner une explication plausible. La question qui le tarabustait, c'était pourquoi l'évangéliste le recherchait ? Gus remonta le chemin du Braque pour vérifier que l'autre n'avait pas pris la direction de sa ferme. Arrivé au carrefour, il s'aperçut que ce n'était manifestement pas le cas. Les marques de pneus toutes fraîches bifurquaient sur la gauche, en direction de Grizac. Gus fila alors vers les Doges.

Une fois arrivé à la ferme, il se rendit à l'étable, et détacha les vaches et les veaux. Ensuite, il ouvrit les portes en grand. Les bêtes n'avaient pas l'air de comprendre ce qui se passait, ni de vouloir aller dans le froid. Il fallut que Gus les pousse pour qu'elles sortent dans la cour. Les veaux suivirent leurs mères en sautant comme des cabris. Tout ce petit monde tourna et vira un moment en meuglant, avant d'enfiler le passage donnant dans le pré du bas. En reniflant la neige, les bêtes faisaient voler de petits paquets de poudreuse que le soleil transformait instantanément en paillettes. Gus ne savait pas ce qu'elles allaient faire de cette liberté toute neuve, mais il n'avait pas de plus beau cadeau à leur offrir, pensant qu'après tout, les animaux se débrouillent toujours pour survivre à tout. Est-ce qu'il serait capable d'une chose pareille ? se demanda-t-il, en se remémorant une conversation qu'il avait eue un jour avec Abel à ce sujet, à l'issue de laquelle ils avaient conclu que les humains et les animaux n'étaient pas si différents, que c'était même une des lois de la nature, une vérité dont Gus ne s'était jamais senti aussi proche qu'en cet instant.

Il alla ensuite ouvrir les clapiers, ainsi que la volière, sans s'attarder pour vérifier si les lapins et les poules trouvaient la sortie. Puis il rentra dans la cuisine. En posant son regard sur la télé éteinte, il crut apercevoir le visage de l'abbé sur l'écran, et entendre sa voix qui lui disait qu'il fallait aimer son prochain et l'aider. Sauf que des prochains, Gus n'en avait plus un seul sur cette terre. Il était bel et bien seul et il trouvait que c'était déjà trop. Ses yeux se posèrent alors machinalement sur le calendrier des Postes accroché par une pointe à un des montants du chambranle de la porte d'entrée avec, sur la couverture, un fier épagneul tenant une bécasse morte dans sa gueule. Puis, son regard dériva à quelques centimètres sur la droite et se figea là où, auparavant, se trouvait la clef découverte quelques jours plus tôt dans la forêt. Elle avait disparu.

On était le 30 janvier

13

Noël était passé depuis un mois. Dans sa jeunesse, Gus avait eu un aperçu de ce que Noël pouvait signifier pour les autres, le jour où la mémé lui avait offert un livre intitulé Noël d'amour, avec un sapin sur la couverture, des boules de toutes les couleurs accrochées aux branches, des pantins, et une grosse étoile brillante fixée à la cime. Il avait alors imaginé que le bonheur ressemblait à un sapin coloré, quelque chose qu'on serait fier de montrer aux gens qu'on aime, si de telles « gens » existaient. Un projet qu'il n'avait jamais pu toucher du doigt, ni même effleurer.

Depuis qu'il vivait seul, Gus avait passé chaque Noël en compagnie de son chien, à manger et boire des choses qu'il n'avait pas l'habitude de manger et boire le reste de l'année, comme du vin bouché, de la brioche au beurre, du jambon blanc, et des anchois. Du coup, c'était pour lui un jour comme les autres, sans l'être vraiment, parce que personne ne peut empêcher le monde de tourner et que c'était dans ces moments-là, plus que tout autre, qu'il réalisait que le vaste monde ne tournait pas dans le même sens que le sien. Malgré tout le boniment qu'il se fabriquait pour l'occasion.

Et puis, il y avait eu ce fameux jour de Noël, où Gus avait trouvé trop bête d'être à deux pas de chez Abel et de ne pas trinquer ensemble. Une sorte de fulgurance. Il s'était alors rendu chez Abel, avait frappé à sa porte. Quand ce dernier avait ouvert, Gus s'était engagé à l'intérieur sans prendre le temps de regarder dans quel état se trouvait son hôte. À l'époque, Gus n'avait pas connaissance de tout ce qu'il savait désormais.

– Salut ! Je me suis dit qu'on pourrait boire un coup à cette année qui se termine et à celle qui va suivre, avait dit Gus en brandissant une bouteille de vin.

– Pourquoi on ferait ça, avait dit Abel, la mine défaite, comme s'il avait picolé une semaine entière. C'est un jour pareil aux autres, avait-il ajouté.

– Pas vraiment, vu que c'est Noël... Tu te rappelles pas ?

– Et alors ?

– Ben, c'est un peu le jour où on se retrouve en famille pour se faire des cadeaux. Et comme on n'en a pas vraiment de famille, toi et moi, j'ai pensé que ce serait une bonne occasion pour siffler une bonne bouteille.

– T'as pensé ça, toi ?

– Ouais, mais apparemment, c'est pas une bonne idée que j'ai eue là.

– C'est juste pas le bon jour.

– Il t'est arrivé un malheur, aujourd'hui ? Si je peux t'aider.

– T'es bien gentil, mais tu pourrais pas m'aider, même si tu le voulais.

– Tu es malade... tu as une bête qui te fait souci ?

– Mes bêtes se portent bien et si tu veux parler d'une maladie qu'on peut guérir avec un docteur et des médicaments, c'est pas ce genre-là.

– Tu m'inquiètes, Abel. Je t'ai jamais vu abattu de la sorte.

– Faut pas t'inquiéter, ça va passer… ça finit toujours par passer.

En dernier recours, Gus souleva à bout de bras la bouteille qu'il avait emportée et, pour essayer une dernière fois de faire changer Abel d'avis, il dit :

– T'es bien sûr que ça te fait pas envie ? C'est le seul médicament que je connaisse, qui guérit tout.

– Sûr, et puis je serais pas de bonne compagnie, même avec un coup dans le cornet.

– Ça m'ennuie vraiment de te laisser seul dans cet état, faut que tu le saches.

– Te bile pas inutilement, Gus. Allez, rentre chez toi, maintenant et reviens avec ta bouteille dans deux ou trois jours, je te promets qu'on lui fera un sort.

– Comme tu voudras, mais si jamais tu changes d'avis, tu sais où me trouver.

– J'en changerai pas.

Gus était sorti là-dessus et Abel avait refermé la porte. Un mur supplémentaire entre les deux hommes. Ce jour-là, Gus s'était dit qu'il devait y avoir des choses qu'il ne savait pas sur Abel, des choses qui étaient revenues dans la tête de son voisin, ce 25 décembre-là, et qui ne semblaient pas lui faire du bien, un secret qu'il gardait pour lui sans pouvoir le partager. Gus se souvenait d'être ensuite remonté aux Doges en sifflant la bouteille en chemin, bien loin d'imaginer que c'était un soir de Noël qu'Abel avait perdu sa femme en couches.

Gus sortit au-devant de l'air frais et de l'espace. Il constata vite que marcher était plus facile que rester immobile et que ça le rendait un peu plus imperméable aux intempéries de son existence.

Il arriva dans la forêt, à bout de pensées, racla la neige recouvrant une souche de chêne et s'assit dessus pour tenter de faire le point sur sa situation. Il n'y parvint pas. Il avait constamment l'impression que quelque chose était tapi dans les bois, quelque chose qui faussait sa réflexion, comme un aimant affolant l'aiguille d'une boussole. Peut-être était-ce un animal traqué, ou un double de lui-même qui allait d'arbre en arbre pour ne pas se faire repérer. Ce genre de fantôme.

Le printemps était encore bien loin à venir et Gus se disait qu'il ne le verrait pas se pointer de la même façon que tous ceux qui avaient précédé. D'une manière ou d'une autre, ce ne serait pas un de ceux avec des jonquilles au bord du ruisseau, des oiseaux qui sortent des nids, des bourgeons qui débourrent aux premières chaleurs, et des saignées dans la terre. Ce ne serait pas un printemps comme ça. Plutôt un hiver, en désespoir de cause. Une saison avec un soleil dans le ciel qui ne parviendrait pas à trouver sa place entre les nuages. Du froid jusque dans les os. Au plus profond.

Gus revit Abel sur son vieux tracteur Renault de couleur orange, qui rappelait un temps où les affaires n'allaient pas si mal, un temps où la peinture ne se décrochait pas encore de la tôle, un temps où ses dents pouvaient mâcher autre chose que du bouillon et croquer du chocolat sans attendre de le laisser fondre. Il se souvint également des mots qui revenaient souvent dans la bouche d'Abel, signifiant qu'ils se ressemblaient tous les deux. Gus trouvait que ce n'était pas faux: « Faut croire que la terre, elle tord les hommes de la même manière et qu'on finit par tous se ressembler », lui avait-il répondu. Et Abel, de lancer en retour: « Tu dois avoir raison, fils, bougrement raison sur ce point. » À l'époque, Gus ne comprenait pas que ce n'étaient pas des paroles en l'air, que c'était la pure vérité, une putain de vérité à laquelle il n'avait pas encore accès. Ça lui en mit un coup supplémentaire derrière la tête. Parce qu'il ne pouvait rien contre la rouille, encore moins que la veille. Il le savait bel et bien, et son cerveau n'en finissait pas de s'éterniser là-dessus.

L'abbé Pierre était enterré depuis une semaine et Mars depuis un jour, ainsi qu'Abel et son fils. C'était comme si la disparition de l'abbé avait sonné le grand chamboulement de la vie de Gus. Il fallait bien reconnaître que, tant que l'abbé était vivant, les choses se passaient plutôt bien pour lui. Curieusement, c'était au moment où Gus avait décidé de se laisser aller que la vie lui jouait des tours pendables dont il ne mesurait pas les conséquences, à part la bombe à retardement qui venait de lui exploser à la figure sans qu'il s'y attende.

Après tout, Gus pensait qu'il aurait dû finir le travail, aller au bout de cette logique désastreuse et tirer un coup de fusil sur ce type qui l'avait pris pour Abel, puis s'en aller flinguer Paradis. Il ne savait pas où le mènerait cette réflexion, cette idée de rajouter deux morts à toutes les autres, même si c'était juste une idée et qu'il ne se considérait pas comme un meurtrier.

Il était à environ cinq cents mètres de la ferme d'Abel, seul dans la forêt. Son corps était une machine qui ne fonctionnait pas de façon habituelle, pris qu'il était par ce qui se passait à l'intérieur, et se foutant pas mal du reste : la neige, le froid, enfin tout ce qui l'entourait sans le pénétrer.

Il n'était pas celui qu'il avait cru être pendant plus de cinquante ans et il aurait mille fois préféré finir sa vie dans l'ignorance ; ça lui aurait rudement facilité la mort, de ne jamais connaître le secret de sa naissance. Il s'en serait tenu à ce qu'il avait vécu, acceptant de continuer à ne pas comprendre pourquoi ses parents l'avaient autant haï, alors que maintenant qu'il avait l'explication, il se retrouvait devant une montagne de regrets qu'une vie supplémentaire ne suffirait pas à escalader.

Que se passerait-il, quand il réaliserait vraiment que les deux cadavres allongés dans la maison d'Abel étaient ceux de son propre père et de son demi-frère ? La seule chose qu'il sentait, c'était qu'il était de plus en plus fébrile.

Il se leva pour marcher un peu, pensant que ça l'aiderait à remettre les choses dans l'ordre, pour voir ce qu'il pouvait en faire, les plus importantes devant et ainsi de suite. Il y avait ce satané soleil dans le ciel, quelque part au-dessus, qui ne voulait toujours pas se montrer. Gus n'apercevait même pas les cimes des arbres avalées par les nuages, et il n'était pas persuadé d'être encore là quand le ciel les vomirait dans sa grande bonté. Il avait la sensation que ses bras et ses jambes pendaient d'un corps qui n'était pas le sien. Qu'on lui avait volé son véritable corps.

Un court instant, il envisagea de rentrer chez lui et de s'enfermer pour tenter d'oublier les événements passés, et de reprendre le fil de sa vie d'avant. Mais ce n'était plus possible. Le fil était coupé. Au loin, il lui sembla entendre des aboiements qui ne pouvaient pas être ceux de Mars, et des cris aussi, qui ne pouvaient pas être ceux d'Abel non plus. Son imagination sans doute.

Gus se dirigea vers la combe, dans un crépuscule privé d'horizon, sous d'invisibles planètes éparpillées dans le vaste univers, dans le cirque parfait que constituait ce monde, et sous des bardeaux de lumière astrale. Tel un anachorète courbé sur sa pénitence, il abandonnait un sillage de traces dans la neige, ressemblant à la mue d'un serpent. Quelque part au-dessus de lui, de grands freux se déplaçaient, saupoudrant le ciel liquide de leurs cris et balayant le brouillard épais de leurs rémiges tendues, sans qu'il soit possible d'en apercevoir un seul.

Gus marchait dans ce désert blanc, entouré de mirages sonores et de silhouettes ligneuses balisant sa route, poussant sur ses jambes arquées, afin d'extirper de la gangue neigeuse une chaussure après l'autre. La forêt tout autour. Deux canons juxtaposés dépassaient de son épaule droite, lisses et brillants comme des cannes de bambous, et la crosse en noyer cognait sur le quadriceps de sa cuisse droite à intervalles réguliers, réveillant une ancienne douleur bénie.

Il savait qu'il ne ressortirait probablement jamais de cette forêt, qu'il allait disparaître dans ce Pandémonium immaculé, pendant qu'au loin un monstre se mettait en chasse, suivant sa piste, aussi nette que le lit d'une rivière. Ralentissant son pas, il se souvint de l'enchaînement d'événements qui l'avait conduit jusqu'ici, s'immobilisa et ouvrit ses bras, comme s'il attendait d'être crucifié sur place. En cet instant, son ultime projet était d'épouser le ciel, après avoir rompu ses fiançailles avec cette nature maquillée. Cette terre, qui dit-on, finit toujours par se jeter dans une mer.

Et ces mots qui lui revinrent en droite ligne du passé :
« Tu sais quoi, Gus… le diable, il habite au paradis !
Le diable, il habite au paradis.
Le diable… au paradis…
Le diable…
Le Paradis. »

Le soir allait s'éterniser, avant d'abdiquer et de se laisser engloutir par la nuit. Gus était décidé à rester dans cette nuit, pour mettre le point final à ce qu'il venait de vivre. Il ne craindrait plus l'obscurité, le froid, la solitude, parce qu'il était lui-même devenu la nuit, le silence, la somme de tous les jours passés, et que le futur n'existerait plus jamais.

Quoi qu'il puisse se passer désormais, sa souffrance demeurerait intolérable. Même si personne ne saurait jamais ce qui s'était passé dans la ferme d'Abel, lui le savait, et vivre avec serait bien plus lourd à porter que le corps de sa mère, découvert suspendu au-dessus de celui de son père.

Gus fit glisser la bride du fusil, prit l'arme en main et la regarda longuement. Son seul héritage, en quelque sorte. Il caressa le bois de la crosse, puis les canons qu'Abel avait pris soin de graisser. C'était lui son ami, ce fusil. Son seul ami. Son véritable ami. Cet objet. S'il n'avait pas oublié d'emporter une boîte de cartouches de chez Abel, ç'aurait certainement été cet ami-là.

14

« Voici que la présence du Seigneur, de loin se fait connaître. Ardente est sa colère, pesante sa menace, et dévorant le feu qui émane de lui. »

Qui aurait pu imaginer que Dieu et le diable se soient incarnés en un évangéliste, celui-là même qui avait tenu le crachoir à Gus moins de deux heures auparavant et qui l'avait pris pour Abel. À voir la mine du type et la tirade qu'il venait de lui servir en tendant ses bras en avant à la manière d'un prêcheur, c'était plus la peine de jouer la comédie. Le suceur de bible l'avait suivi et savait forcément qui il était en réalité.

– Qu'est-ce que vous me voulez ? demanda Gus.

– Rebonjour, monsieur Targot.

– C'est pas utile de me narguer, je peux vous expliquer.

– Qui vous demande des explications ?

– J'ai plus aucune raison de vous mentir, alors je crois qu'il est temps que je vous raconte une drôle d'histoire, même si elle est difficile à croire.

– Taisez-vous, je vous prie, monsieur Targot, ne troublez

pas le silence de la forêt. Votre voix est une offense à cette merveilleuse nature et au Seigneur tout-puissant.

Le type dit ces mots sur un ton très calme, et ça les rendait encore plus effrayants.

– C'est quoi ce cinéma que vous me servez, qu'est-ce que vous attendez de moi ?

– Rien, monsieur Targot, absolument rien, plus rien du tout.

Le suceur de bible plongea une main dans une de ses poches et en sortit un objet coincé entre deux doigts, qu'il se mit à agiter sous le nez de Gus, comme s'il s'agissait d'une relique promenée un jour d'ostension. Gus reconnut immédiatement la clef qui pendait au bout du porte-clefs VW, celle qu'on lui avait dérobée.

– Savez-vous ce que je tiens là, monsieur Targot ?

– Je le sais comme vous… que c'est une clef.

– Et savez-vous ce qu'ouvre cette clef ?

– Pas les portes du paradis, j'imagine.

– Vous brûlez.

– Je crois savoir où vous l'avez trouvée, dit Gus, qui changea la position de ses mains sur le fusil, à cause de la sueur.

– Alors, c'est une chose que nous avons en commun.

– Et moi, je suis pas certain que vous sachiez où je l'ai découverte, cette foutue clef, avant qu'elle pende à un clou dans ma maison.

– À qui d'autre qu'à son propriétaire auriez-vous pu la prendre, ?

– Vous vous trompez sur toute la ligne. Je sais pas de quoi vous voulez parler.

– Quelqu'un venu vous rendre visite, il n'y a pas longtemps.

– C'est en pleine forêt, dans la neige que j'ai trouvé cette clef.

– Vous mentez mal, monsieur Targot.

– J'ai aucune raison de mentir, maintenant. Et puis vous allez arrêter avec vos cachotteries et me dire enfin à quoi sert cette clef, et à qui elle appartient, on gagnera du temps.

– Vous avez raison, gagnons du temps. Ce n'est plus la peine de nier. Nous avons découvert une voiture, et il se trouve que la clef que je tiens ouvre précisément cette voiture.

– Et en quoi ça me concernerait ?

– La voiture en question appartenait à un de nos membres, une jeune femme dont nous avons perdu la trace depuis une semaine.

– Je vois toujours pas.

– Et si je vous disais que la voiture se trouvait dissimulée dans un moulin abandonné, juste au-dessous de votre ferme, ça vous aiderait à mieux voir ?

– Vous voulez parler du moulin du vieux Joseph ?

Gus se remémora être passé à quelques mètres du bâtiment dans lequel devait se trouver la bagnole.

– Le moulin du vieux Joseph, sûrement ! En tout cas, l'endroit est bien pratique pour cacher quelque chose, en attendant de s'en débarrasser définitivement.

– J'ai rien planqué là-bas. J'ai jamais conduit de voiture de ma vie.

– Ça ne doit pas être bien compliqué pour quelqu'un qui a l'habitude de se servir d'un tracteur.

– Je saurais même pas la démarrer, votre foutue bagnole.

– Dois-je en conclure que c'est par le plus grand des hasards que cette clef a atterri chez vous ?

– Je vous ai déjà dit où je l'ai trouvée, y a pas le moindre hasard là-dedans.

Au moment où il terminait sa phrase, Gus pensa à Thomas. L'évidence. C'était forcément lui qui avait perdu la clef en se battant avec Mars. La disparition de la jeune femme coïncidait avec le jour où Gus était parti chasser les grives. Le jour où il avait entendu les coups de feu et les cris, et vu les traces de sang dans la neige. L'histoire du renard, Abel avait dû l'inventer de toutes pièces. Voilà ce qui s'était sans doute passé : la visite de la jeune prosélyte avait mal tourné, à cause du fils d'Abel, qui avait probablement fait une de ses crises ; Abel n'avait pas pu intervenir à temps cette fois-là. Mais comment raconter ça à l'évangéliste, sans parler des deux cadavres couchés sur le plancher, dans la maison. Gus repoussa momentanément les visions de cauchemar qui s'accumulaient dans sa tête. Ce fut peine perdue, car le suceur de bible fit voler ses efforts en éclats :

– Appelons cela un mystère. Il semblerait qu'il y en a même un deuxième, qui se trouve juste derrière votre grange,

– Derrière ma grange ?

– Une tombe fraîchement creusée… Et, en vérité, à part un corps, je ne vois pas ce qu'une tombe pourrait recéler.

– Putain, y a pas plus de mystère là-dedans, que de merde en branche, c'est mon chien qui est enterré dans ce trou.

– Évidemment, votre chien.

– Vous pouvez aller vérifier si le cœur vous en dit.

– Ce ne sera pas nécessaire.

– Et moi, je crois qu'il faut tirer cette affaire au clair sans attendre, et je vous laisse pas le choix du contraire.

En disant ça, Gus pointa son fusil en direction de l'évangéliste. Il était seul à savoir qu'il n'était pas chargé.

– Vous me menacez ?

– Si je vous permets de vous approcher de la vérité, considérez que c'est un service que je vous rends.

– Ce n'est pas ainsi que les choses doivent se dérouler, dit alors l'évangéliste visiblement perturbé, alors que jusqu'à présent il semblait plutôt sûr de son fait.

– Je suis pas certain que vous soyez en mesure d'en décider.

– Nul ne peut imposer sa loi à un serviteur de Dieu.

– M'est avis que vous allez devoir reconsidérer votre façon de voir les choses.

– Vous tireriez sur moi ?

– Et vous, vous prendriez le risque que je réponde à votre question ?

– Après tout, pourquoi n'irions-nous pas vérifier ensemble ce qui se trouve dans cette tombe.

– Sage décision. Allons-y, vous connaissez le chemin.

Les deux hommes se mirent en route. Gus marchait derrière l'évangéliste en le tenant en joue. L'autre semblait calme, presque serein, désormais, comme si la peur qu'aurait dû susciter sa position ne l'effleurait même pas. Ils traversèrent une zone partiellement défrichée. Gus manqua chuter, quand son pied droit buta sur une souche de repousses. L'évangéliste se retourna, ne tenta rien. Un sourire s'afficha sur son visage et il reprit sa marche en accélérant le pas.

Un vent sec les accueillit au sortir de la forêt, des rafales glacées qui frappaient leur visage comme des gifles. Gus respirait de plus en plus bruyamment, cherchant son souffle. Le suceur de bible se retourna de nouveau, découvrant un Gus exténué, qui progressait avec peine.

– Ce serait pas une bonne idée, que de tenter le diable, lança Gus en relevant les canons du fusil.

– Ce n'est pas mon intention, mais nous pourrions nous reposer un peu, vous avez l'air épuisé.

– Vous occupez pas de ma fatigue et continuez à marcher gentiment.

– Comme vous voudrez.

– C'est ça, comme je veux.

– Dites-moi, si ce que vous dites est vrai, alors où pensez-vous que notre sœur se trouve ?

– J'ai ma petite idée sur le sujet, mais c'est pas une histoire que je peux vous raconter maintenant. Le temps viendra où vous aurez votre explication et vous verrez à quel point vous vous êtes trompé.

Lorsqu'ils arrivèrent à la ferme, Gus fut surpris de ne pas apercevoir la voiture de l'évangéliste. Il se dit qu'il avait dû la laisser en contrebas pour se rendre discrètement aux Doges, mais ne posa pas la question. Le sang frappait régulièrement contre ses tempes. Le vent poursuivait son concert en s'engouffrant sous les bardeaux de la grange, glissant sur le silence comme une araignée d'eau sur une mare étale. Il n'y avait plus un seul animal traînant dans les parages, pas un bruit de chaîne, pas un meuglement, ni le moindre chant d'oiseau. Plus rien que des fantômes voyageant entre les murs, pas décidés à foutre le camp, eux.

– Vous trouverez une pelle dans la remise, fit Gus en désignant l'appentis sous lequel il rangeait ses outils.

– Je dois comprendre que c'est moi qui vais devoir creuser ?

– Exactement.

– Nous irions pourtant plus vite à deux.

– Me prenez pas pour un con. Vous aurez pas besoin de pioche, la terre a pas pu geler bien profond.

Visiblement, le suceur de bible n'avait pas l'habitude des travaux manuels, à la manière dont il tenait le manche de la pelle en sortant de la remise. Les deux hommes longèrent la grange, la contournèrent, avant de déboucher dans le petit bois où Gus avait enterré Mars. L'évangéliste se dirigea tout droit vers la tombe.

– Il semblerait que j'aie pas besoin de vous montrer l'endroit où vous devez piocher, dit Gus.

L'évangéliste sourit, un peu à la manière de son Christ sur les brochures, puis se mit à creuser sans qu'en effet Gus n'ait à lui indiquer la position de la tombe. Il se mit rapidement à en baver, étant donné qu'il tenait le manche trop loin du tranchant de la pelle. Gus ne lui donna pas de conseil, pensant qu'il ne devait accepter que ceux qui venaient de bien plus haut. Quand il eut à peine retiré dix centimètres de terre, le suceur de bible se releva et s'appuya sur son outil pour souffler un moment. Gus se tenait à une distance respectable qui le préservait d'un éventuel mauvais coup. Il sortit son paquet de Gitanes de sa poche à l'aide d'une seule main, attrapa une cigarette entre ses dents et l'alluma avec son briquet. La fumée s'éternisa dans sa bouche, avant de tamponner sa poitrine, puis il dit, au milieu d'un nuage bleuté :

– Z'êtes déjà fatigué ?

– J'ai pas l'habitude.

– Vous m'étonnez. J'imagine qu'il est plus facile de tourner les pages des évangiles.

– C'est autre chose.

– Là, vous prêchez un converti.

– Vous ne voulez vraiment pas m'aider ? demanda le suceur de bible en tendant le manche de la pelle à Gus.

– Il se trouve que j'ai pas plus confiance en vous maintenant, que tout à l'heure.

– Je vous promets de ne rien tenter.

– Vous pourriez le jurer sur votre Dieu que je lâcherais pas mon fusil pour autant.

Puis le type se figea à la manière d'un apôtre découvrant le tombeau vide du Christ, comme s'il se retrouvait face à un miracle appelé de ses vœux. Gus lui demanda de se remettre à creuser pour en finir au plus vite. À peine eut-il terminé sa phrase, qu'il entendit un claquement sec, dont il n'identifia pas la provenance. Sur le moment, il ne comprit pas ce qui se passait. Il voyait toujours le suceur de bible, occupé à le regarder fixement, sans bouger et apparemment plus décidé à creuser. Les facultés visuelles de Gus s'appauvrissaient de seconde en seconde, sans qu'il en saisisse la cause. Ses jambes se mirent à trembler, à devenir cotonneuses et il finit par ne plus les sentir du tout. Une force semblait le tirer vers le sol, et il s'agenouilla en tenant toujours son arme entre ses mains. Une drôle d'odeur flottait dans l'air, comme du métal froid s'échappant de son corps, le même genre d'effluve qu'il avait reniflé en regardant crever le Thomas, une odeur de sang superposée à toutes celles de la nature environnante, l'odeur de son propre sang qui commençait à poinçonner la neige au-dessous de lui avec régularité. Aucune douleur n'accompagnait les gouttes sombres, et pourtant, la vie que sa mère lui avait donnée, sa seule offrande, était en train de le quitter tout doucement avec une étonnante fluidité.

Gus avait conscience de sortir de la vie et il en ressentait un soulagement, une sorte de bénédiction, qu'il n'aurait jamais osé aller chercher seul.

En relevant les yeux, il aperçut alors d'autres formes autour de lui. D'abord Jean Paradis accompagné par d'autres suceurs de bible, à n'en pas douter, pareils à de grands échassiers se balançant d'une patte sur l'autre, gênés dans leur progression par l'épaisseur de la neige. Gus voulut diriger son fusil vers Paradis, mais la force lui manqua. Sa vision devint de plus en plus floue, jusqu'à ce que la nuit s'achemine partout entre les arbres et s'engouffre dans son corps comme un torrent avalé par la terre. Il vit Mars s'amener en courant et il lui sourit incrédule. Le chien posa ses pattes avant sur les genoux de son maître retrouvé et se mit à lui lécher frénétiquement le visage. Au début, Gus ne sentit pas la langue râpeuse sur sa peau, puis le contact se fit de plus en plus prégnant. Les évangélistes et Paradis avaient définitivement disparu. C'était l'Abbé Pierre en personne qui se tenait désormais debout devant Gus, drapé dans sa cape noire, avec son béret noir vissé sur la tête et qui l'invitait à le suivre avec son regard malicieux. Alors, Gus se leva sans effort, marcha en direction de l'Abbé et le trio se mit en route pour s'en aller grossir le ciel.

Épilogue

La vieille dame a soixante-dix-huit ans. Elle n'aime pas se promener dans le passé avec les autres vieux du village, parce que leurs souvenirs finissent toujours par se mélanger avec les siens, jusqu'à trahir sa propre mémoire. C'est pour cette raison qu'elle n'apprécie pas leur compagnie. Leur principale préoccupation est justement de se réunir pour parler d'événements qui ne reviendront pas et qui, au final, les mettent au supplice, sans qu'ils puissent s'empêcher de faire autrement.

Elle passe ses journées à observer le monde qui se restreint. Elle a tricoté suffisamment de gilets pour être tranquille jusqu'à la fin de sa vie et même au-delà, si jamais il fait froid là-haut.

Elle n'est plus du tout à son avantage désormais. C'était pourtant un joli brin de fille, il y a soixante ans en arrière. Il est difficile d'imaginer, qu'avant le désastre, elle avait une peau toute lisse et des cheveux blonds et bouclés. Mais, personne n'est là pour entendre ce qu'elle était, ni même l'imaginer.

Elle n'a jamais eu d'enfant à elle. Elle n'a pas eu le temps, pas non plus trouvé l'homme, dans sa jeunesse, qui lui aurait donné envie d'en faire. Plutôt du genre déluré, une fille facile comme on dit, bien qu'à l'époque elle se fût considérée comme une femme libre. Son corps réclamait simplement le plaisir et elle était alors loin de se douter qu'à fréquenter beaucoup d'hommes, il arriverait un temps où elle ne serait plus crédible en tant que mère potentielle, comme si, à un moment donné, elle n'avait plus été fiable.

La vieille dame regarde le môme s'avancer sur la route. Il porte une besace en toile et ses vêtements sont aussi ternes que les ailes d'un papillon de nuit. Il vient d'engranger les sarcasmes des autres gamins à l'école. Son regard ne se projette pas, rivé à la route bosselée, à ses chaussures qui lui blessent les talons. En le voyant ainsi, une peine immense la recouvre comme une nuit. Ça crie en elle, de le voir malheureux comme les pierres, traînant sa carcasse maigrichonne, pour rejoindre une famille qui n'en sera jamais une. Une famille soudée par une ferme, et à tout le travail nécessaire pour la maintenir à flot. Parce que sans ça, il n'y aurait rien eu de plus que des gens traçant leur route chacun de leur côté.

La vieille dame voit tout cela, sait tout cela.

Comme chaque jour, elle demande à l'enfant s'il veut manger le quignon de pain et boire le verre de lait qu'elle a préparés et posés sur la table du jardin. Elle remarque au passage deux ou trois brins de foin dans ses cheveux filasse, qui laissent penser qu'il ne doit pas toujours dormir dans son lit. L'enfant ne répond pas, se jette sur la nourriture, et l'engloutit comme un voleur en regardant la vieille dame par en dessous.

Elle l'imagine devenu homme. Ce qu'elle ne verra pas. La terre l'appelle. Elle sait qu'il n'y a plus beaucoup de temps à attendre. Elle n'a pas peur. Ça fait longtemps qu'elle n'a plus peur. Elle a évité pas mal d'écueils, à sa façon, comme ces barrières que la plupart des gens se fabriquent pour faire contrepoids à la haine absolue qu'ils ont d'eux. C'est ce qu'elle pense en croisant une dernière fois le regard de Gus, imaginant que ses yeux lui disent merci pour le quignon de pain et le lait, et aussi pour le sourire qu'elle lui offre. Elle a conscience que ce sont des idées de vieille femme, mais Dieu, que ça lui fait du bien de les avoir.

Chez le même éditeur

Romans

Cavales, Marie Vindy
L'avocat, le nain et la princesse masquée, Paul Colize
Les rêves de guerre, François Médéline
Terminus Mon Ange, Lilian Bathelot
Petite Louve, Marie Van Moere
La bonne vie, Jean Galtier-Boissière
Nous sommes un orage sous le crâne d'un sourd, Chaïm Helka
Chinese strike, Michel Douard
Marseille's Burning, Cédric Fabre
Un long moment de silence, Paul Colize
91700 Fleury-Mérogis, Franck Chevillard
La politique du tumulte, François Médéline
Kill kill faster faster, Joel Rose
Marseille opus mafia, Jean-Louis Pietri
Descente au paradis, Éric Jamois
Back up, Paul Colize
Ci-gît mon frère, Gérard Bon
Négropolis, Alain Agat
Faut pas rire avec les barbares, Albert Spaggiari
Doux comme la mort, Laurent Guillaume
À mains armées, Philippe Thuillier
Un goût de sang, Jacques Eisenbarth
Les marques du fouet, Gérard Streiff
Le chant des dunes, Lalie Walker-Perrine le Querrec
Kill Créole, Vernon Young

Les Pègriots, Auguste le Breton

Le bon camp, Éric Guillon

Il était une fois Marseille, René Coppano

À la vie ! Joseph Bialot

Le Grisbi, Albert Simonin

Classe dangereuse, Patrick Grenier de Lassagne

À coups de crosse, Jacques Eisenbarth

Les Louchetracs, Jean Mariolle

Le Hotu, Albert Simonin

La vieille dame qui ne voulait pas mourir avant de l'avoir refait, Margot Marguerite

Essais

Lucky Luciano, testament, Martin A. Gosch, Richard Hammer

Parrains de Cités, Jérôme Pierrat

L'histoire vraie de la mafia israélienne, Serge Dumont

Dernières nouvelles du Milieu, Michel Ardouin

Jo Dalton, cœur de gang, Cristina Lhomme Jérémie Maradas-Nado

Le bagne de la Légion, Henry Allainmat

Né voyou, René Nivois

L'histoire vraie des tueurs fous de Brabant, Patricia Finné, Michel Leurquin

Histoires d'Espions, Charles Pellegrini

Le Mexicain, Francis Perez-Lopez

Nous étions le Milieu, Gilbert Béna

Planète Évadés, Franck Sénateur

Enfants du Malheur, Henri Danjou

Guillotine sèche, René Belbenoit

Histoires de P.J., Charles Pellegrini

Planète mafias, Stéphane Quéré

Faut pas rire avec les barbares, Albert Spaggiari

L'histoire vraie du gang des Lyonnais, Richard Schittly

Coke à bord, en voilier, en sous-marin, j'ai transporté la drogue des cartels, Yann Tassin

Planète Complots, Guillaume Lebeau

Braqueur, Rédoine Faïd, Jérôme Pierrat

Mes gardes à vue, Stéphane Chaigneau

Planète Serial killers, Loetitia Nathan

Zampa, José d'Arrigo, Roger Grobert

Le Colombien, des parrains corses aux cartels de la coke, Laurent Fiocconi

Mesrine, mon associé, Michel Ardouin
Au cœur du trafic, Bruno Di Maio

Beaux livres

Mauvaises filles, Naked whores, X. Alexandre Dupouy

Marins tatoués, tatooed boys Jérôme Pierrat, Éric Guillon édition bilingue

Guillotinés, Éric Guillon

Mauvais garçons, portraits de Tatoués, tatooed underworld Jérôme Pierrat, Éric Guillon édition bilingue

Gangs story, Kizo, Yan Morvan

Caïds Story, un siècle de grand banditisme, Jérôme Pierrat

MAQUETTE ET MISE EN PAGES

Zeharbegi@

IMPRESSION : CORLET À CONDÉ-SUR-NOIREAU (14)
DÉPÔT LÉGAL : DÉCEMBRE 2014. N° D'IMPRESSION 115942
Imprimé en France